LIU WAI TONG

HALF BOOK
OF THE
GHOST WHISPERS

廖偉棠　半簿鬼語

目 次／

二

三

四

北京地圖（組詩）

開不往辛亥的火車（組詩）

錄鬼簿（組詩）

半簿鬼語

我有半簿鬼語
和老雪藏深匣。

暗螢幕，斷網路
不說給駭客力士聽
不說給末世遊女聽
不說給雁童子聽
不說給風又三郎聽
不說給半歲夢
蝶人聽。

我是鬼雨一滴
騎鐵馬，冷河嶽，銷名冊，
隱身舊馬甲。

我有半尾鬼魚
游於孟婆湯海中，千焰下。

2012.5.11

一

致二十一世紀少年

1

日日渡海，采雲，熬粥
在廚房安排九個行星的運行
無暇寫詩，僅為你旋轉不已
生命中最重要莫過另一生命因己存在
即使另一生命還在河邊拾貝
你抬頭張望，河畔林中霧濃
並沒有我，於是你又笑著奔跑踩水
我們躲在松樹爺爺背後偷看你
我們呼吸一百噸毒霧保護你
我們在林中捉迷藏，借鳥羽變戲法
林外是人潮洶洶，萬千人不曾愛你
我們在萬千人圍觀中賣藝
不敢炫耀，繩攀向空中我們消失
白鶴飛回，我們帶著一捧茉莉。

2011.3.27

2

晚春暖中微涼，宜晨浴；
夏天在我們這個小島來得格外早，
那流過我身上的河也將流過你的身體，
春風教給我的事情，我將一一教給你。
仍在夢中與蛟龍遊戲的人，
你在成為我的時候，我也在成為你。
我們一起來做未來的少年，光頭鐵青，
四肢如香椿樹一般乾淨，
即使被老人們的金屋包圍也要如香椿樹一般
呼吸著未來的炙熱或幽寒。
你聽到那擊鐸采詩的陌生人了嗎？
你可聽到那手持船票的另一個鈴鼓少年？
我們的枝葉如海魂衫泛起浪濤，
向他們揮手吧，我們就是晨光編織的帆船。

2011.4.12

3

你率領所有的晨光向我迎來，
你的笑是海，我早已陌生的伊甸，
非此世的悲哀。
圖騰機器包圍著媽媽，包圍著你，
你夢遊如山岩間跳躍的岩羊，
含葉吹響那個一切文明終結的時代。
帶上我們吧，我看見你在招手，
群鳥裏披紅袍，瀑布上落如遠古，
我有一根尺八，她有一匹白綢。
你的世界和她的世界彼此旋繞，
不顧此世暮色濃稠，夢已焦糊……
你是星孩，閃爍盆水的祕奧。
我練習流沙占卜，用我的鳥足。
我整裝待發，虯腰虎首。

2011.5.9

4

請把你的勇氣分一半給我
讓我斗膽去認識生與死，別名塵土
與大千的那些東西。
他們飲酒和唱歌的人，並不智慧如你，
他們模仿樹與風的人哪，也不自由如你。
你擁有沒界限的國境，一匹馬的平川，
卻端坐如礦脈裡的銀。
我已知道前生離亂，而來世安穩，
爲著你的緣故我在此時此地種蓮。
我失去的光焰，原來寫在你的書裡，
我對這顆星球的懺悔將來由你詮釋。
但你不必在意，自須隨雲行遍大地，
我們有我們的向鏡孤鸞，
你有你的寥廓鷹飛。

2011.5.17-22

5

雨閃閃橫落樓下操場，
我看著它們漸生漸竭。
白衣人騎車在林道上趕路
他的輪輻揚起清晨
積水與鳥鳴。
我寄託你來遺忘這世界
只記住零星，葉的翻側與
蟲子的散步。
你告訴我作為佛的時光如何吧？
你端坐、旋轉如陀飛輪
時回首，一個詭異相。

2011.6.13

6

抱歉我今天仍未想好你的名字，
你和這個時代一樣，只知道
旋轉和舞蹈。蜂鳥一樣
向自身深處取蜜。
多麼希望過去的千年都和你無關，
希望那些死者、英雄或者X光上
的騎士、河上拾雲者
和你無關。我與她也和你無關。
如果你在未來的黑夜裡看見
一匹真正的馬你可以隨之遠去，
如果你在洪水中看見一個小花園
漂過。告訴它們我的樣子，
它們會記起三十五年前那嬰孩
蓮花中未失去的人，他也曾驕傲、無名
被他的母親從虛空中救回，
又被荊棘世界奪之入懷。

2011.10.10

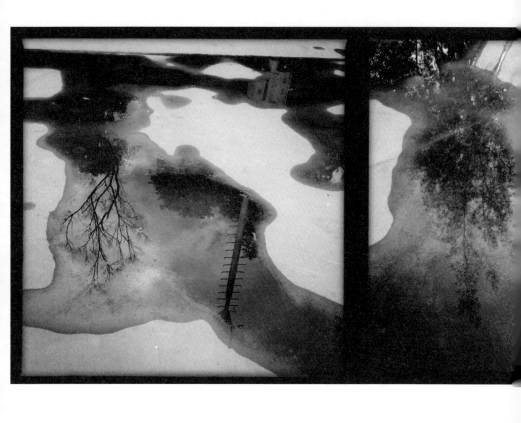

7

我們一起等到最後和最初的一天
世界剝破仍如新橙蘸新雪
你皺眉嘟嘴，不是因爲嘗到它的酸
是因爲完美總是令人疲倦。
你是鹽，無法不憂慮自己的純潔
而我們是攝影術本身
在暗房裡施魔法，試圖曝光未來的喜悅
未來的確是千年的黑夜，你就成爲
我們對黑夜之豐盛的確信。
那裡昂首闊步的有千種獸和萬位佛陀
你將介紹認識所有，包括他們四周的蕨紋
孩子，大氣是磅礡之石，我願爲刀
未來是淋漓之筆，我願爲墨
雲海從你的額髮開始舒卷。

2011.11.16
（寫給我的兒子湛初）

吾鄉

黃昏中她微倦。
吾鄉在珠江以西
像一個小農婦，為傍晚莫名傷感，
說著一些別人無從意會的語言。
她那些清麗，已經難以分辨
是九〇年代的新興、還是二〇年代的舊情。
可是我的名字就叫做新興呵，她的藍花小襟，
她的晚雲揉碎了蕩漾。
她準備晚飯，已經做不出更多新奇口味，
而水未沸騰前她尤獨倚門，
向隆隆的未來索一把小蔥。
吾鄉吾鄉，那些鳥銃倭刀我全賣掉，
夢中漲湧的大霧如酒，吃光了我的馬頭。
我是牽牛人還是蕉紅花耶？
借月光抱住了她白細的肩頭。

2011.1.14返鄉途中

贊鄉間舊友阿傑

你代替了我留在虧空的山水之間
和饕餮回憶的鬼下棋。
我習慣了輸，你卻有沉默做破陣子。
四畝三分地荒涼者在收割風妖肥胖之尾，
贊你種下一株花來，你讓花喝醉。

粵西的嶙峋到此頓足，你知道，
八〇年代的簑笠此刻焚毀，你知道。
你代替了我照料這一片竹林，
向漫天的戰聲放債——我的話你不必明白，
贊你取出我如取出竹中小兒。

颱風吹破了你，早霜凍萎了你，
群犬齊吠，一噸滾石碾磨了你。
贊你仍然是勝利者，矮柑橘們的國王，
鄉間婚禮的新郎，空中浪裡白條，
用竹葉焊接我的晝夜之肋。

一個農民的命運，雙掌攤開般的長寬，

你的幸福是自搭暖棚裡花生米般的妻兒四人，
你代替了我學習了塵世之愛，
知道聖誕樹的隱祕細語，我羨慕你
在蒼夜寒野裡你束腰自立。

贊你也將熟悉殘酷，正如你一直熟悉
驟降溫、無頭稅、稗子發瘋和狼征地。
你曾告訴我鄰村一個青年被強拆而死，
那土坷垃和螞蟻議論的一切，你也聽見了，
你代替了我為他削舊碑為新碑。

生肖只屬於你，節氣只屬於你，
一年將盡這藍色的暮色我也要向你借來，
我在拳頭中燒這一個微型的故鄉、這葬星之地。
赫赫，吾友，我代替你變成啞巴變成瞎子，
來日大難，你我當永記一九八三年的西河水。

2011.1.28

雨中二二八紀念公園

我希望這個年輕國度永遠濕且冷，
以保存它所有的死者，
這些睡著的松鼠、山櫻和魚將是見證。

我希望這泥土能和我交談
——假如我是雪我願俯身覆蓋這薄土，
用晶瑩換取死亡它那吝嗇的知識。

用輕盈來學習，用沉重來默溫，
你告訴我的，我將再次化作雨
告訴那些赤裸著行走在春雷中的人。

天空如一顆鉛心，那飛了七日七夜
來自西伯利亞的燕子
為我帶來了快樂王子的眼睛。

我希望北方那個蒼老國度也永遠濕且冷，
保存它所有的所有的死者，
像我曾為愛斯美，保存我全部的才能。

2011.2.14重訪台北二二八公園，詩成於2.17

災難謠

1

彈奏災難是否徒勞？
低頭看見洗臉盆上水珠擦抹出星臀軌跡。
開窗時大霧又嘗試淨化大嶼山。
飛機起航，香港就落入盆中舟與子夜一點。
萬有引力隨時失效，為了我們能最後一次看見地球。
彈奏災難是否徒勞？

2

大海簇擁如十萬匹傀儡。
當他們死去他們並不唱異族的小曲，
鈴木小姐，河童先生，他們如我私有的死者，
和我私藏一篇死亡的變文，
一部與海和土地之怒無關的淨琉璃。
大海簇擁如十萬匹傀儡。

3

子夜兩點地球是一個萬靈的占卜師，
在銀河盪舟，白傘熠熠如祇園花見的仕女。
我已經倦於壯觀之美，用陰間之火燒焚這些報紙。
我也倦於悲觀之力，寧願如築地的狸貓
煮茶予三點鐘的雪意。
子夜兩點地球是一個萬靈的占卜師。

4

大阿蘇的馬群此時出沒於我的左脅，
那裡祕抄的經文是它們的糧草，
它們長驅直到把夜霧充盈我的肺葉，
它們的蹄掌無聲，深目無淚，
夜中之夜，大阿蘇……
大阿蘇的馬群此時出沒於我的左脅。

5

河童先生，我不再要你歸還我的尺八。
能不能看護好你天靈蓋上那碗水？
天若亮了，睜大了眼睛看這世界，
永遠詫異，永遠感到幸福。
就這樣吧，晚安諸神，
河童先生，我不再要你歸還我的尺八。

2011.3.13祭地震海嘯死難者

一位詩歌兄長

門外山已行遍，
海也鎖在十年前的游泳池了。
「我們都是夕陽工業。」
他對我說，又像是對十四歲的老狗說。
他指的是報刊業，又像指詩歌。

只有香菸還維持著十年前的輸送量，
吝嗇咽下每一粒文字的能量。
在他面前我藏起我的布萊希特，
在我面前他藏起他的白居易，
然後互相贈送一支杜甫的松枝。

十年前的我們在攀援，
如三月的花骨朵。
在空中我欣慰於仍認得這街道
這門。有人在按鈴，
我們一起去開門吧。

2011.3.27

粵西路上聽森田童子

百畝水塘間仍有燈棚獨自
守夜。你在唱孤立無援
之歌。蒼蒼小雪花，
我們的家鄉全然裸露在宇宙中了。

任我們潰敗吧像草木生長，
掩隱入夜氣如流，車顫如蟬。
你化緣在千里濱，
負一石頭佛像。
我們捨棄了的世界深藍如染。

汽車睡著了，在二十二年前。
叱石過山澗，我隻身如芥
落入呼嘯的核子深淵。
抬頭時，遠不可及的
星星在給你我照相。

2011.4.22返鄉路上

春與修羅

我獨行修羅，
玉髓雲流溢，
春鳥啼何處？
　　——宮澤賢治《春與修羅》

在鴉聲中隱入玉紋
的修羅是一條路嗎？

青花下側頭的小僧
分了半顆苦柿給我。

這海水喝不得也
爛醉是你的歸程。

大招，雲門，卷抱你
卷抱我入那槐樹之國。

他卸下諸神像卸下紋身
反之亦然，諸神在飲雲。

修羅萬眾在殺一段風景
你接聽電話，電話無聲。

只有那路軌縱橫如亂雪
虧空了春陰中的世阿彌。

苦煞這段曲子了
三弦扭作一踉蹌。

黑夜一鏟一鏟送上火車
運往岩手縣的花卷醫院。

哪裡還有這般紅花淬晶的大海？
哪裡還有你靜候如狸貓郵遞員？

在一個午後，我夢見了兩者
在一個午後，阿修羅撫我心。

2011.6.28獻給宮澤賢治

致白晝的樹

你們自身懷抱黑暗
如你們的孩童，不同於我們的黑暗
你細分葉簇與星宿、星宿與海
你的黑暗有聲音、一場遊戲的聲音。

不用解釋，也不用清水包紮這清晨
當我們以光的速度逃遁
你以慈悲的速度停下來，與鳥
相應，「能夢見已經讓大雲釋懷了」。

交臂如那些年輕的看護婦
或者健身房裡的小媽媽們
黑暗是你們的金剛少年，走遍世間
找到我，微笑著詢問我的姓名。

且歡呼舉手──淚珠滾落化作白鑽
這無遠弗屆的靜，這深如峻海的清
這哇一聲哭泣的全部燦爛
這輕斂我目的瞬間濃釅。

2011.9.9

彗星
—— 紀念戈麥

用一萬分之一毫秒，這片鮮葉
進入了白矮星的心臟
不會更多也不會更少，汁液鑄鐵
這些倖存者才剛剛開始烈士的生涯。

總是這樣，在我想起死亡之前
你已經死過；在我開始遺忘哀悼之味前
有犀牛走動在大澤之間，藍木槿
在它身邊搖曳如大夢將臨。

九○年代是一場薄暮，夕陽血淋淋
山中少年燃著一盤猞猁雪
那些黃信紙上寫的信，你都扔了
只剩下地址和郵票，郵戳像汙穢的笑。

集郵者漂在洗手盆的水面上
時代拒絕給他奧爾菲斯之名
腥臭的萬泉河也不會水仙盛放
當那群著石頭衣的詩人囁嚅著走過岸邊。

他們不懂歌唱，毒劍之蜜已經封至喉底
那就只有你歌唱吧，你這裸如處女的星
你旋轉這一捧塵埃，即使是一捧塵埃
未嘗不是你書包裡那絕食的小小銀河系。

（你也記得的，那一年我十一歲
從上海寄來的包裹裡望遠鏡裂成碎片
那就是彗星。你十九歲，尚未接受全部的失敗
披著海東青的衣裳，對著北京的夜空傲嘯）

那就是彗星。絕食者之鹽。

2011.9.25

過伶仃洋

風犁夜海，
浪渡急雲，
半首古詩不遇故人。
不不不，含血落齒今日事，
難忍青春入畸零。
木刻這一摞子晚清問題，
爛船問題，盛世在澳門拐彎，
危言在香港變賣三分釘，
大陸獲利百萬雪花銀。我是知
不知先生，睡不睡哪吒郎，
怒不怒先鋒僧，幹不幹
雨飛娘。去，去，細魚也吹長浪，
靈鼓叮噹，大苦結舌，
不打妄語又如何渡此黑沙灣。

2011.9.25

晾衣
——寫給我未出生的小孩

這一剎那，我忘記了自己身處宇宙深處
不斷地探身，也渾不管這是身體的裡外

我送一點小禮物給七、八點鐘的陽光
送一束陽光中的解凍河與跳魚給你

一千里上空，被遺忘的太空站轟隆隆旋轉苦思
一膚之隔，我被遺忘的心轟隆隆旋轉苦思

這些小衫小褲子，這些未來的護庇
此刻陽光在試穿，許多引力在它們四周嬉戲

這已經足夠。梵谷就是在此一筆筆抹上金黃
塞尚用藍色築起了其餘、森林或者教堂。

2011.10.19晨

秋老虎
——致茨維塔耶娃

正午穿過草坡
烈日下看書，書上的雪嘩啦啦流淌
那是老虎潛伏而至，用利舌溫存我的胸腔
他如蟲細鳴，最後倦睡進一彎花葉。

秋天不懂得德文，不與雨水相愛
三葉草騰起了大霧，蟋蟀王過馬路
一個詩人的死總是那麼清楚
她如蟲細鳴，借不到一滴露珠洗臉。

老虎，老虎，那是鉛一般的夜躡起了腳步——
東涌巨大的拱廊街中冷氣吹拂——
那些露出了喋喋不休的大腿的人們——
那麼多人不如你，沒有聽到死神商略。

黃昏斂乳，如書卷使人眼盲
這龐大島嶼也和你沉默呼吸，這些火苗
不是你我可以知道。這轆轆的夜是否熄燈

不是閣樓裡的提琴手可以知道。

不是貓,而是血味更濃的
一場被懸隔在千重花紋河畔的雪。
這最後一封信字跡潦草,是蜷縮在肉墊裡
磨鈍的爪子吧,磨著古老的心的……

秋天輝煌了,你抱著老虎。

2011.10.20

讚美一個小媽媽

帶著一個湖的女人
我說你帶著的不是一個宇宙
是比宇宙更深，星光在其中更濃稠。

遺忘自己如一條魚的女人
我說你遺忘的不是人世的雨林
是比人世更遠，氣根包圍著這個地球。

在混沌中與貘競走的女人
我說你夢見的不是《山海經》前的茶杯
是比杯渡更廣，是他在山壑中移舟。

2011.11.13

介紹一個母親

黎愛容，我的母親，
生於一九五〇，未學得那個時代的謬誤
也從不懂隨後而來的謊言與殘暴。
十歲開始給牛棚裡的父親送飯，
給修水庫回來的母親當出氣筒。
背弟弟上學，從未因此被老師嘲弄，
她的父親是被禁止授課的老師，
她因為赤貧而輟學，因此
五十年後被人覺得沒文化、粗俗。
我從來沒有覺得她粗俗，
從一九七五年她在嚴冬中生下我，
到一九九七年她離開去香港，
她一直是這粗俗之國裡最淳樸的良人，
即使在一九八八年死神強搶走她父親
她也沒有咒罵過命運。
一九七四年，她離幸福最遠，嫁給陌生人
忍受孤單、勞累與三十年後的病痛。
二〇一一年，她離幸福最近，因為我們。

一九八七年，外公最後一次和我談起她：
「她的小名叫劍蘭，她擁有劍蘭的堅強，
她是我最苦命的女兒，你一定要讓她遠離不幸。」
那夜新興縣的寂靜，你可能聆聽？

2011.10.10

注：新興縣，位於粵西，是我故鄉。

小催眠曲
——給初初

莫驚莫驚，

是黑鉛山開成鏡子疊疊的花了。

莫驚莫驚，

是白母鴉睡成火焰朵朵的心了。

孩子我不懂為你唱催眠曲，

即使有人贈我雪的嗓子，

有人贈我風做的撥片，

還有人贈我蛙跳琴。

孩子孩子，這座城市無法更加婉轉，

因為有更多建在浪尖上的堡壘

等待你大步流星。

而此刻寂寞就是你我

曾經在沙漠上埋藏過的一匣寂寞，

你曾教我認這寂寞為一汪甘泉。

而此刻悲傷就是

我在一九八一年冬暮所夢見的悲傷，

妹妹被外婆抱走了，

我只能自己去雞蛋花樹下找那條會說話的蛇，

牠告訴我的那個故事，如今我全忘卻。
而此刻你在我臉上辨認的
也是我在你臉上辨認的
一個未來的小冒險，它是鼺鼠先生
所帶的一個小桃殼，有帆有窗，在遠洋激蕩。
呵，莫驚莫驚，
是紅靴子貓在模仿閃電伸懶腰。
莫驚莫驚，
是綠錫兵唱起了他那曲潑酒調。

2011.12.6

生日翌日詩

未能告別的人已全部離開
想要擁抱的人已全部誕生
我依然感謝敲門的聲音
今天我活成了我自己的父親
在夜裡一次次被自己的哭驚醒。

因為這天我的靈魂晝短夜長
極光合攏成了我的小小墳塚
我依然感謝嚴冬的餽贈
我的心像一顆紅瓢蟲隨身攜帶的露珠
三十六年的湛明來自三十六年的凝凍。

2011.12.24

一年的最後一天

春風如何斬晚晴？
最後一天我都奉獻
給舊底片上除塵，
在塵上除色，
在色色之間抹除
我驕橫的姓名。
而舊日恰如彩蟒，
噬己不厭。

一年的最後一天
我垂戈悲擊空水
猶如那是上帝的星盤。
我左手抱著兒子，
右手與虛無劃拳。
這是你的花驚定，
這是你的若耶淵。
春風猶困萬千弦。

2011.12.31-2012.1.1

紀念詩
——寫給M.Y.

1

香港欲雪，光一片片死去。
抱不住這雪，也抱不住這光。
群星在軌道上亂飛了七天，
翼尖承受那些承受不住的事體。

北京最後一場沙塵暴，
沙子灌滿了我手中的空涵。
我們在北四環邊上瘋跑，
大樹痛哭，城門外有幼駝迷途。

上海的雨慢慢，變得甘甜，
濕潤薄土下的嘴唇。
你在一朵輕雲上俯瞰，
你走動雙腳頑皮地踩出時間之殤。

成都的電話響起了，

是小傢伙給卡爾松搖鈴，
如果連響三下你不用接聽，
風撫摩這山河從來不說他的原因。

2

我記起多少次夜車
風吹開了黑蝶與她們背後的幽冥
幽冥又細細分開人間的每一片樹葉
分開野獸與牠飲用的忘川。

有時我看見高速路旁有人如鬼魂般站著
企圖賣一點枇杷或者買一點愛
我才擔憂這是一個沒有鬼魂的世界
我未能與你交換遺忘的火焰
只能把它引回胸腔中作迷宮的勾連。

這疼痛如窗邊竹葉颯颯，無數我在其中
失憶，起刺，滂沱，潮汐
搬運冬天在癘瘴原之上，無數我追趕
自己如波希米亞森林中的獵人

他們夢見狐狸又被狐狸夢見，實際上
捕獸夾鉗緊了這一個大夢
尾巴宛轉留紅，我記起
多少次月色，從來無人說起它們的溫存。

3

我不能把你從死亡中拉出來
即使是在夢中，在台北的快捷旅館
夢跋山涉水，夢寥落沉重
你再一次拒絕了我的生，你決意去死

有多遠的距離就有多痛的猛擊
你不是越冬的鳥兒你只是賣冰的孩子
你的冰塊在大街上滴答融去
你說那不過是夜花在開，不過是熊在沉思

那麼你的駱駝隊哪裡去了
還有你那個走私軍火的叔叔
這是你在那個炎夏告訴我的最後一個故事
我至今未能猜出寓意，只感到淒寒徹骨

但你的淒楚只用來自己摩挲取暖

你的身體只用來刺青自己的經書
我不能向你解釋你的死亡
好像那只是旅行但路軌永不再交會

連揮一揮手的機會都沒有了
我不再是星野鐵郎你不再是美黛爾
台北的一個旅館模仿著上海的一個旅館
我終不能跨越整個宇宙去把你那扇窗戶鎖住。

4

結黃幡是無效的，白菊亦冷極
掌心寫一個無字，握手所有陌生
異鄉神沒有來信，異鄉人黥臉

如此一天開始，陽光照耀隔世小苑
種花培土，你背影瞬間荒蕪
如此一天結束，黑夜在袖口兵馬雜亂。

向你學習，只愛看陳舊浮雲漫滅
擁抱熊貓，以及昨日之水
它穿過一切現在，無損到達未來。

2011.1.5-2012.8.6

〔二一〕

原野

在那裡，孤寂的江河之上
用激浪流轉著大地所有的痛苦。
—— 維爾哈倫

天穹：見夢殺夢。抬頭看不見飛機，
飛機和二千條航線，飛機上人也看不見原野
溝壑和流民縱橫。大霧在原野上綿延，彷彿中唐某年。

每一個十字路口上都躺著一個耶穌，而快樂
和悲苦的人民踏過，曳著舶來的電腦主板、晶片、光碟，
曳著這裡面的思想，一個比一個骯髒，
齒輪們灑落在原野上，閃著光。

後來者踏出了血，他們隨身攜帶初冬的一場薄雪，
血和雪混合枯萎的草葉，滋潤不了原野千年的渴，
血隨著雪落到了城市，變成泥汙，城市的靈魂從中誕生。

酒吧裡跳著熾熱的舞。酒吧旁邊是工廠，
五月旁邊是嚴冬，勞動節的黑旗低垂、紅旗烏有，

而你腳下的水泥、電纜、光纜，
時刻通向哪一條淤積滿紙船的河流？

青春揮灑如蒸汽中的精液，枯枝巧開花，
如鐵花，迅速挫磨溶化，
在銑床上你和同鄉的姑娘們舉行了婚禮，
生下來烏黑之子、枯萎之子、嘴裡含著箭頭的夜之嬰兒。

齒輪們灑落在原野上，閃著光。千里江山
鎖於一個個工地的大閘，
鼴鼠們還在千里乘千里的廣邈挖洞，
在每一個電線的結上，都插上一朵灰燼似的梨花。

齒輪們灑落在原野上，閃著光。村莊上林立著盾，
而原野的剖面，一絮絮都是生鏽的槍。
雪越下越大起來了……
飛機投下迅速的陰影。
十字疊加著十字，人層壓著人，夢屠殺著夢。

2007.2.8

我是一截短鈍的黑炭
——為黑窯工而作

我是一截短鈍的黑炭,
在土牆上劃著不成樣子的橫豎。
我常盯著黑暗吞噬著泥巴、草根、火紅的磚,
直到被一棍子打昏過去。

我摳著背心的裂紋,黑暗也在這裡藏著哩;
我摳著身邊剛睡著的爺叔的夢,
黑暗也在那裡笑著哩;
還有四個小時我們又要起來,
黑暗還在早晨的太陽裡烈著哩!

我睡不著⋯⋯火蟻成億,吃著我寫下的字:
「一、二、村莊、城市、死、死、死!」
火蟻是我的好朋友,吃著我背脊上的爛肉——
吃了就不那麼痛得緊了,
吃了我們就變成一把鐵鏟子了,
可以把天上的星星埋到地底下去了!

我已經被火餵飽，我懷疑我已經是一隻紅火蟻，
半塊磚頭就能把我砸成肉碎。
砸吧砸吧，晌午敲著當當的銅鑼，
我一下一下砸自己的腳趾，砸得火花四濺，
所有的人都跑著躲著，因為他們看到黑暗從我腳下流出來，
比什麼都黑！我是一個磚窯，燒著全世界的血肉，給你吃！

2007.6.16

大風夜讀書，水銀柱不斷下降

今晚預報有雪，不過
那是另一個國家。我居住的南方島嶼上
風刮了一夜，把黑色的針線
密密縫進黑麻布中。一本書
寫到半世紀前，
從密植的謊言開始
到清洗的暴雨結束。半世紀後
黑雨仍然濡濕我和我北面的大陸，時緩時急。
秋天向四周、向所有人顯擺他無私的鐵面
可以捧之入心，名曰「懷冰」。

偏安一隅，耳光扇向我
我仍只是像倒懸的蝙蝠，鑲滿
黑夜的鑽石。這些書必須摸黑讀完，
不許點一枝蠟燭（否則巴山漲秋池），
腰椎劇痛，是這些書重量的證據：
半世紀以前
一個詩人，搜集半生，如今他的遺孀傳到我手上、
背上。君問歸期，她問過他，他只說：
腳步深淺……冬至夜，曾聞雞鳴。
我翻開蝠翼，窺見半生光怪陸離。

另一本書，回憶近一個世紀，清狂
沉積成磐石，空氣燃點著煤氣，
四處都是燈引，不，是雷管。人卻漸漸結成
赤冰——童年時我曾多次夢中走近無底水庫
水全血紅——
然後風在我耳邊猛敲鐵鈴
把我驚醒。我撫摸這些字，用力摸出盲文
凹凸如真相、如理想之嶙峋，寫著
一群人曾品嘗黑夜，有的全身盡墨
終於比夜更如深淵；有的卻透明了心肝，亮得刺眼。

深淵荒涼，礦已挖盡，這不是最後的鏡頭，
夜半的秋池乾涸空蕩，馬群四散，
馬尾如星斗，指示凌亂的方向。第三本書
的瘋狂，撕碎了，不是另一個國家
而是我出生之地，
我生於那個時代的末端。
我吞吃這本書的碎紙而長大，嘔盡了膽汁

嘴角還是苦的。剩餘的書，都是苦的
這個國家尚未來得及折角、展卷，
烈火已經隨風舞蹈、彎腰、微笑。

今晚預報有雪，我給另一個緯度的我
寄去寒衣，和子夜的砧聲。水銀柱已經斷裂，
我看見我和他們在簡陋的棚屋中打鐵，儘是
紅彤彤、莫名的形狀。

2007.11.17讀《廬山會議實錄》、《鄭超麟晚年文選》，並重讀《文化大革命十年史》

蜀道難

> 問君西遊何時還
> ——李白

艱難筆，筆不是路，我卻是路上魂。
八年前，我曾出昆明、過攀枝花、北入蜀，
黑夜硌硌，沿舊鐵軌扎向我的肋骨。
八年後這斷軌又扎向我的肋骨，
胸膛炸子響。

筆不是路，無從鋪展
出離這有限宇宙，在蒼天上、泣血迸空
誰知道。這死城冥漠，如一張X光片
只有反白，筆劃寫不下任何。

我滿身仍是舊鐵軌，任人偷盜
可再沒人來，他們已經在枕木上熟睡……
熟睡著、做著連綿夢、舉著一個獸頭前進、
像一隊古船……
滾熱的列車快沖來了，快醒醒！

我夢見黑鐵輪突然變成了白雲。
這是你的，給你的全部禮物，飛逝的白雲
擦拭著血。這是你的，給你的全部錯誤
——出離這無情世界。

這首詩也是錯誤：移不去一塊堵塞國道的石頭
還往胸中填進更多。胸膛炸碎的鋼琴
還不如懸棺，厲哭聲中劃向故鄉。
筆艱難，還不如
做一支簞篥。

2008.5.16

請直呼我賤民之名

請直呼我賤民之名，不要憐憫。
我的床單上舊血未洗盡
又漬染了新血。

請直呼我賤民之名，不要施捨。
我的痂瘡已經撕了千年，
在刀叢中暢泳，撈起紛紛
成為新鬼的朋輩也已經千年。

請直呼我賤民之名，在黑夜裡黑了我，
在火獄裡火了我，用阿瑪尼綁了我，
用LV抽打我，用豪宅禁錮我，
喚來張藝謀，黃金甲了我。

請直呼我賤民之名，在雷暴中雷我，
把我趕出地下室、信訪辦、鳥巢和水蛋，
因為我的賤妨害你的夢想。

請直呼我賤民之名，不要憐憫。

我沒有在洪洞[1]變成磚頭或者洪水，
沒有在映秀[2]變成豆腐或者鋼渣，
也沒有在甕安[3]變成甕中鱉。

我沒有在丁庄[4]賣血、
沒有在津巴布韋賣鐵，也沒有去過
蘇丹的宮殿。可我的名字成了關鍵詞，
在百度中搜索結果為零。

請直呼我賤民之名，不要憐憫。
請直接在網絡上刪除我、封殺我，
請辱罵我、含淚勸告我，
然後去領取良心所值的五毛錢[5]。

2008.7.15凌晨，讀令狐補充文章[6]後一哭

1 洪洞縣，位於山西，2007年被揭露黑磚窯事件，存在大量奴隸般被迫勞動的
  磚工。
2 映秀鎮，2008年四川大地震震央，這次大地震中許多學校因為豆腐渣工程而
  倒塌。
3 甕安縣，位於貴州，2008年6月因為一位少女的非正常死亡，民眾抗議引致
  騷亂和鎮壓。
4 閻連科被禁小說中，一個因為賣血而多人染上愛滋病的河南村莊。
5 大陸網路上有所謂「五毛黨」，指為得到政府酬勞而在網路上發表擁護建制
  言論的人。
6 令狐補充，大陸時事評論家，近期有文呼籲「網絡起義」被刪．

盛世吟

1

遠離西山的祕魔崖，祭典中
不見結聚的小兒魂，高爾夫球杆
擊打著鳥卵。

髯虯客剪紙，一人一億朵火焰，
北京，我的飛船已經晚點，
擱淺在你這盛世邊緣。

但沒關係，世界也不過一發條橙，
憑空多了許多鳴蟬
震動出許多個黑太陽。

滿城的便衣，化裝成計程車司機，
向我說一些史達林時代的英文，
兼祭索忍尼辛。

喜馬拉雅的童聲不爲此歌唱，
京城驚訝地張開了一百億隻複眼，
唇間呢喃著，唐宋年間的渾沌話。

贊曰：
腰纏十萬鬼，騎魅斥金奴。
喳喳登科夜，鏽甲聲啾啾。
肥雨飽血梅，攢眉下揚州。

2008.8.16 北京至揚州火車上

2

我走著烽火揚州路，京師人未察。
偷運花石綱於瘦西湖，在黑池水
一角烹紅魚。熾熱如那沉默退場的
跨欄選手，咬破了日光的唇。

紫薇和女貞的花葉在池底積澱
另一年代的禁苑，策馬入門者
漸隱頭顱。而江南若現
火巷圍繞著冰兒童。

一切離盛世不過一百二十年、八百里路
仍然剪接雲和月。唐宋旗飄揚著
影視城的偉大背景，明清旗存博物館，
紅旗蜂擁於電視的標本瓶。

我走著烽火揚州路，京師人未察。
舞骷髏者王重陽，微笑在運河畔
為又一輪泳賽擊掌。

這清涼河水，仍否北上
為半個世界灌頂？清風逆流
為獅子頭捎帶來二月雨的料峭。

贊曰：

秋蟲迷夏日，博豬少年場。

二十四橋在，歌哭皆欲忘。

朝寄興亡帖，暮作炊黃粱。

2008.8.19揚州

墓碑

刹那寒冬，鋪陳如枯荷
在廢園中。每天路上碎
草上跑著野獸般的火，
焦黃。

每夜我都能看見月亮清
潔如無罪；每夜我路過
燈光球場其亮如晝，如
審判。

整整三天我打不開這書
打不開我心中的一所集
中營，九百六十萬平方
公里的一所集中營

與我無關。我卻默記了
它全部入鐵三分的交叉
路徑，準備有一天我像
北朝鮮的逃卒可以複述

與我有關。三千萬死者
四千萬未生者，他們的
靈薄獄根本得不到命名
就已經刷進激流

與我無關。無論開燈熄
燈，也無法改變我摸黑
握手照樣被燒傷；我摸
黑洗刀照樣被吞噬，他
們的飢餓——

與我有關。我貓腰暗闖
卻被推拒出這一片死亡
但我領到了第一個筆記
本，上面寫著前一個死
者的姓名

與我無關。一九七五年
出生的不是我，被臍帶

盤頸的不是我，憋著一
口氣紫青了臉的不是我

與我有關。這書是鐵是
焦黑著在土高爐中跳躍
不已的那塊肝痛的石頭
三十多年，我對它的疼
痛並沒有多懂多少

與我無關。我清理自己
如雜物，清理我母親十
歲時在公社食堂被拽倒
一把帶血的頭髮

與我有關。那一刻我的
心臟被攥緊了，在一隻
不知其形狀的獸爪之中
它如此碩大，如同國家

冬天被零亂收拾，哭吧！
白襯衫不夠用來痛哭！
集中營不夠用來辨認我
們彼此的面目

月光也不夠用來捶打成
死者的身分證。但是這
時，請允許我躺下，試
一試靈魂的寬窄。

2008.11.11讀楊繼繩《墓碑》後

祭楊佳

正午造訪的
是黑馬上的黑色騎手
白日裡打開了白夜的核
桃花淹沒了提籃橋

殺你的刀
比你傳說的快刀還快
這沒有人的國度
今夜仍將空無
不存在的血
比你真實的血還要洶湧
這沒有英雄的國度
你被逼成英雄

奈何橋上立足
我有白衣相送
嚴冬一再挽回又挽回
夜路上西風疊著西風
你不是第一個

也不是最後一個
但你衝過魍魅之眾
用血寫你的驪歌

燃紙紛飛度過了冥河
閃爍人世仍如流火
今夜之雪清冽
彷彿在安慰中國

2008.11.26夜

簽名
── 仍有人問我公理和正義的問題

在黑紙上用黑筆簽名，在雪地上
用星星一樣的粗鹽簽名，在太平洋上
用一個接一個的波浪簽名──
直到它們遇上礁石，變成一奈米的痕跡。

仍有人問我公理和正義的問題，
黑馬上的黑色騎手送來一封著火的信簡，
我用冰在火焰上簽名，撲簌落下的
是飛了七天七夜的燕子攜帶的雨水。

仍有人搖鈴，催促清晨的挖掘者動身
前往城市邊緣凍硬的稻田，
在那裡還有一萬個簽名在白霜中冰封──
不，也許只有一個，一個簽名碰斷了你的鐵鎬。

仍有人在荒蕪的街頭拾穗，烈日下
一再彎腰；仍有人飢餓著半夜起來
搖晃著大門：仍有人拆散了我的姓氏的部首

把其中最鋒利的一撇遞還與我。

仍有人問我公理和正義的問題，
大街上汽車在燃燒，我們圍聚在
火焰旁繼續用汽油簽名。地球是一顆鑽石，
但我們用傾囊而出的塵埃簽名。

2008.12.20

致不存在的共和國

去國三千里，你仍然在寒雲中成形，
你的六十歲嚴厲面容
鐵灰如虛空。
你的戰場是不存在的，鐵馬冰河
入了流人夢，你的流人是不存在的，
只有無法投遞的火閃忽於祁連山下；
為你坐牢的人是不存在的，牢房也純屬虛構；
死於軟刀子的孩子是不存在的，廢墟已經蒼蒼；
甚至紅旗包裹的屍體也是不存在的，南北已失西東。
你不存在，太年輕也太老，自己吞吐自己的煙霧。
你在哪裡倒你的菸頭呢？你在哪裡排放這幾萬公頃菸灰雨？
你從和田走到臨汾，從泰州走到福清，浩浩南海
還有多少海哩要走？你常說：萬里長征第一步，
多少孩子在第一步摔倒？我的腳步徘徊在
海參崴，阿拉木圖和果敢，涼山，風移動著邊界；
六十年前有人比喻自己為風旗，與不存在的事體博弈。
光輝燦爛中野牛們死了，你的歷史是不存在的
風光如遺忘之砍刀；你的功過是不存在的
你為自己發明了一個陰涼的靈魂；

真實的十三億肉體在烏有網上與烏有做愛，
迅即這激情也化為烏有；
你是不存在的，你取消了我的高山流水熾烈兩廣凜冽東北，
你取消了你的左手肝膽右手心臟陽具子宮。

2009.9.23慕尼黑飛香港機上

秋聲辭
——和林昭

秋天深了，驟然喧騰
寂靜。我每夜都夢見
在一個個陌生的北方小城
奔尋車站和客棧，監獄和墓地，
儼然一百年前老殘。

儼然你，是霜雪在鐵欄上蒙冰
赤裸的手會被粘牢，
然後是血，是夢被烙成青煙。
然後是長河幽藍，
細小近乎無

故國山川琳琅、叮噹，
是你早已卷去的袖中物，
騎牛者、買兵者都徒然戀。
我也雜雜、遝遝，
索索、颯颯，泠泠、淞淞，

這是我搖的串鈴，道海市的虛情：
如果再見此船動蕩，
我們何不一把火燒了它的桅杆？
聽它劈劈、啪啪，
呼呼、吁吁，**轟轟**、隆隆。

你是夜半有力者，
能否為我再藏天下於天下？
喚出鬼鬼、魅魅，刑天和精衛，
在綠林中敲石硁硁，
彈劍鏗鏗、劄劄、啞啞。

此夜秋則天下盡秋──
你撕囚衣如撕
大明湖，大冰龐龐。
帝國路早已墨盡，只剩些
咄咄……嘎嘎……喈喈……崒崒……

2009.10.28

讀《大江大海一九四九》

讓我回到我出生二十六年前，
四海陰霾，白沫如咒寫滿天幕，
我危立在一朵黑浪上，一千萬粗糲的
餓鬼穿過我的空殼左右來往。

我冷，我冷，毛澤東壓根沒有見過馬克思
只抱著一個豔麗的阿鼻地獄就下了山；
我冷，我冷，蔣介石壓根沒有見過耶和華
只抱著一個描金的閻羅就過了江。

竹子林裡下著雨，我們觸著，盡是火焰⋯⋯
靴子裡開了花，伸腳進去呢，盡是碎骨⋯⋯
你不知道人的骨頭多大多脆吧？
甚至每一隻粉蝶都載一朵霹靂的叫聲。

讓我回到我父十四歲，臉上怒放幼虎的紋
很快就被四方射來的血箭洗清。
我危立在一朵黑浪上，接不住這未生之國、
這亂拋於狂風之末的一個少年。

2009.11.14

廣州夜訪艾先生

將進酒。
黃霧幻生鬱結的累岩
在夜空，淩壓著古巨
聳立的道旁樹，老鬼
粵樵紛來往，森然背如帶刀。

如帶刀，
冷風念著緊身訣。看
你我風中猶瀝墨點燭
流水繼著流水，不是
革命宴席，是黃花崗畔燒紙馬。

燒紙馬，
楚靈可騎，世人欲殺
運泥來填珠江長江些！
移山何憾銅牆鐵壁些！
秋瑾錫麟攜頭來飲這杯屠蘇了。

2009.12.21晨

注：艾先生指艾曉明教授。

聖誕書，或黑童話
—— 致敬劉曉波先生

大霧彌蓋了伶仃洋海面，超過
八艘船相撞。昨天北方降溫、
西南的飛機暫停升降，明天香港
也將氣溫急降。這個聖誕節
沒有更多的新聞，像染劑噬入我的血管
爲一場手術前觀察造影，
除了這一場疼痛：病死的軟組織
把活生生的喉管勒緊。

大霧中有人跣足行於水面，
我不知道他的名字但我大聲叫喊——
一隻戴著蛇皮手套的手捂住了一把血塊
另一隻手趕緊檢索我的箭衣和帛袋
第三隻手摸出了我的酷熱和凜寒
第四隻手摘除了我的子宮
第五隻手敲開我的膝蓋
第六隻手埋進一條魚。

黑暗嘯聚。灰色馬，汗水蜿蜒
變成一條滾燙的河流，
我被棄於此──頭顱正好垂下渴飲。
現實中有人撐匙開門、生火煮茶......
一陣陣大火把他們的生活一陣陣利索收拾了。
柳條兒飄、春水俏，另一個世界
顛簸沉落──喜鵲啄啄
我的眼眶裡有明珠一串，你拽得動否？

誰是夜裡動身上路人？嗚嗚
我送他一陣風、一挂雪、一本前朝敘亡帖。
現在的能見度只有半米，但我知道
你能聽辨碎步踩響瓦當、矮身
就跟上了房頂，你掏出一瓶烈酒
我就輸給你我的半生，
你伸手，便會看見這肝膽歷歷
盡可做你的刀槍。

大霧搪塞著我的行囊

咄咄，咄咄，不是敲門，是幽靈
在給我照相。像酒鬼把人行道卷起來
我把路打了結，把地球裹成聖誕禮物，
送給他：他在地上畫字，一言不發，
他的弟子全部不敢靠近，儘管天大寒、
來日大難，儘管觸目都是髑髏地
他撿起了一朵白色花。

2009.12.26

宇宙大苦行詩
　　——一月十六日，香港反高鐵人民在
　　　立法會即將通過高鐵撥款表決之
　　　時，發起萬人宇宙大苦行、包圍立
　　　法會，悲且壯，詩以記之。

1

熔岩漸漸流緩、變黑，
我們拖著熔岩走路。
宇宙在苦行
一萬人在轉，因為腳下星也轉
不因愚政而停止。

金剛攀上了立法會
不作獅吼，只結一個寂靜手印。
正義女神依然蒙眼
他們相愛進入高空凜冽
高空還有銀河。

我們匍匐在冰冷瀝青上

雙膝護住地底一團火。
青色火，燒成一條悲傷的蛇
鬼卒們的離魂如尺蠖
去追，總追不著。

戰城南、死城北，精衛
不再填海，裸身走在立法會
肥議員們染了一身幽寒。
宇宙在苦行
席捲了世間狼藉酒杯。

2

它如一株巨樹，
高舉全身花瓣，在黑暗中攀緣
吞沒奮戰於子夜的人和獸，
湧上上亞厘畢道、翻下昃臣道。
這夜，我擁護地心說。

是宇宙在敲鼓、在胡旋、
在二十六步一跪拜、攥緊手中穀，
是它突然奮起如日冕、
兀而俯身如星雲，
全身的枝葉垂下、包裹一個小村。

再無所謂碩鼠的斷斷，
光流布了路砂的細隙
它要回它施予的一切
準備一場豐收宴。
我們如勞農作歌，高空還有銀河。

宇宙在苦行
為了一個老婦人的念叨，
她和它相依為命已經八十年
仍將延續數億光年。
為她暫寐，我捻熄這顆小星。

2010.1.19-21

上訪詩

她從劫訪的警車中探出半個身子
喊出最後一句：「我要詩歌朗誦，
朗誦完我就走！」她不是詩人
詩人也不知道她，
她把詩寫在廣場的地縫裡
只有倒在廣場上的人才能聽到。

「我就是那個冤鬼，」說話的是
上訪辦的警察，他的雙臂腫大
因為他架出了他母親，父親，爺爺……
最後一天他架出他自己
扔在南站的垃圾堆裡
金頭蒼蠅親吻著他抽泣的口鼻。

詩人在開會，在五星賓館
的馬桶裡發現了豪華的良心通道，
他吃壞了肚子，每天在這裡嘔吐
「寫詩也是上訪，」他發表了他的材料
關於他的童年，他的初戀，他的故園

怎樣被祖國垂青，最後終身癱瘓。

有一首詩流浪在第十三號站台
在天橋底下生火取暖
無意燒著了一部白紙糊的憲法
它在「烏有之鄉」被愛國者暴打
在「牛博網」被口水派捧殺
它寫的是什麼？它寫的到底是什麼？

2010.4.3-4看趙亮紀錄片《上訪》後

影的告別

「在支離的樹影上，我看見一個少年的影子前行。他的兩肩寬闊，腰板堅直，像穿了宇宙船駕駛員的制服，遨遊於一九九一年，不知道宇宙將凝結爲一渾濁磨花的玻璃球、星壓疊如濕重的枯葉。

「他擺動雙臂彷彿有阿童木的猛力，把十多年的淤泥嘩啦啦撥開，如劍魚劈開血海，他劈開一九九三年的囚獄、一九九七年的流放、一九九九年的瘋癲、二〇〇三年的窒息、二〇〇五年的二〇〇八年的二〇一〇年的死亡。他一握若脆的手腕，竟綁了一艘油輪的駕重。

「樹影劃過那些軋軋作響的骨骼，黑暗爲我們身邊一切蒙上一張巨大的驢皮，冰涼且腥。我們在全然看不見對方的時候握手道別，我爲他點了一根菸，順勢把他背上全部的負荷挾爲己有。在如銀河一樣熄滅的火雨之路上，他有他的、我有我的一葉舟。」

我和一個騎著馬骸的孩子說了這個寓言，他並不認爲這是個寓言，踢著我的頭骨，他又邀四周的小鴉們開始了新的遊戲。

2010.4.14

墓碣文

記下，孩子，記住這一切。

萬物死，萬物生。我們終於赤條條，不裹一塊遮羞布：無論它是紅或白。經幡的海、鼓鈸的海，到我們耳邊一線停止，當所有剔骨的刀子已鈍，暴雨也不再期盼它的婚床，我升起在黑霞之上，呼吸這本來就是我自身的甜膩空氣、呼吸這崩摧成一億蓮瓣的火焰。

我希望你目擊這一切為有。此曾在。

收養我的藏獒，讓牠咬一口你的手臂，讓牠知道你的血味。燒掉我的經書，裡面寫了你看不懂、長風翼翼的愛情。燒掉我的夥伴，這些從平原來的流人，他們懷抱著我們不知、遠雷寂寂的怒怨。收藏一塊空心的磚，收藏一個地獄。

倉央嘉措也是在這裡停步，檢點了四方的音塵，他擊掌三下，與看不見的魔鬼辯經，然後吹熄了詩歌。

死者為大，嘎嘎如卸甲的軍團，橫移過盆地、高原、山嶺、

城市邊緣、拆遷地與礦坑——無須有我、你、他、她、它！
川壑重覆糾結，焦土開始說話，在這國度，非為國，非為歷
史，非為正義，僅僅是它想說話。人掌燈於光天化日之中，
石亦有言。

記下，孩子，記住這一切——於浩歌狂熱之際中寒；於天上
看見深淵。於一切眼中看見無所有；於無所希望中得救。

2010.4.21

這樣的戰士

虛無在擂鼓了，我將何言？我想寫一部更支離突兀的《山海經》，來隱藏我們尋找到的義人，用鰭和角隱藏他們的劍，用狂笑隱藏他們的淚，用呼嘯的鐮鼬風隱藏他們的傷。

但是義人拒絕了我的隱藏。他們說讓虛無擂鼓吧！我將盡張我的殘翼與它共振！我將從鼓中吶喊出雷、從雷中追溯出電，我們將在一無所有中擊掌而行，在死谷中掘茵陳、血水中坦蕩我們的清明。

他們是這樣的戰士！

有一部更璀璨秀麗的《山海經》，如細布包裹他們的裸足，如涼風輕拂他們的赤目，並有更多刑天和靈獸，作他們的後衛與前導。我想寫一部這樣的《山海經》。

告慰這樣的戰士。

2010.6.17

注：以上三首向魯迅先生《野草》致敬。

「六四」二十一年祭

還給我
把我粉碎過又重塑的軀殼還給我——

現在只剩下我的幽靈在翻書，
在策馬，在追趕一支箭。

還給我
把我被淘盡了又燒成鋼渣的酒還給我——

九百六十萬平方公里的巨浪湧起
上面是百姓的宴席，他們換盞、點燈。

還給我
把我被吃乾淨又在深夜埋掉的骨頭還給我——

白狼，一匹緊跟一匹
掀起雪海，席捲著荒瘠大地。

我還給你槍林彈雨、紙上燒去的字、

火焰建築著火焰的墳墓、風互相撕碎。

還給我
把我的兄長、姊姊、母親和父親還給我——

雨點被熱敲成了滾燙的鐵片，
他們只是出門去給閃電帶一把鑰匙，

還給我還給我——
我的幽靈搖撼著，搖撼著這血鏽的鎖。

2010.5.31

戰廢品

戰鬥結束了，我們像羅生門上的老嫗，撿拾戰廢品

在一隻白貓身上撿起一隻黑貓，我們撿我們撿
在一潭老死水上撿起一塊冰，我們撿我們撿

在那個死得最難看的，我們的朋友的身上
撿起我們自己的活幽靈，我們撿我們撿

在一件據說曾經夜行於敵陣的盔甲上
撿起一滴石化的血，我們撿我們撿

在一把刀上撿起原來揮舞它的
那一副骸骨，我們撿我們撿

在一面旗子上面撿起那
陣撕碎的風，我們撿

我們撿我們撿，撿
我城雪花般骨灰

撿這灰之城

我們撿

我們
撿

（還有那些禿鷲、那些遍灑溪錢，它們哪裡去了）
戰鬥結束了，我們像羅生門上的死者，爭奪戰利品。

2010.6.24

人民在廣場的夜色中撫摸群狼

忽然他覺得自己身上
長了剛毛，腳下濡著血，門外起了大風
——穆旦《祭》

當智利的礦工在堅硬的祖國破土而出
我們的人民在廣場的夜色中，撫摸群狼……

當普羅旺斯的農夫把葡萄擲向軟政府
我們的人民在廣場的夜色中，撫摸群狼……

當馬爾地夫的泳客被水裡的星光砸暈
我們的人民在廣場的夜色中，撫摸群狼……

當光，光在全世界奔馳，呼救，拍門
我們的人民在廣場的夜色中，撫摸群狼……

當我們的女兒在公安局樓上失聲躍下
當我們的母親在秋風中化作一面火旗

人民在廣場的夜色中撫摸群狼
人民在廣場的夜色中撫摸群狼

當我們的人民在深夜的廣場上撫摸群狼
群狼的爪子翻動這染著二十年血的地磚

人民在深夜的廣場上撫摸群狼
滿眼是稀罕，滿手是汗，滿嘴是腥的肉。

2010.10.17

自深處De Profunclis

我從林苑的水井裡飲著
上帝的沉默。
—— 特拉克爾

1

如果我從天使的佇列中傾聽
誰會呼喊我？從我的髮間，
走出那飲黑暗為生，燦爛的獸。

一九一四年的歐洲東線，天使索要著血肉；
二〇一〇年的中國，天使索要著血肉；
人卻拒絕了，夜裡擔雪回鄉。

伸手不見五指的家鄉裡，雪花變成了
水晶一般的沉默。我的愛人
親手把門闔上。狐狸

狐狸、野兔和貓頭鷹，薩爾茨堡

的瘋子合唱團 —— 不是我
第一個拒絕窺視，拒絕自己的名字。

2

這是一個美麗的世界，我們對拓而居。
把你的頭顛倒過來，你會和我的頭相撞
像兩根火柴。被漸漸洶湧的洪水撲熄。

十六日了，地球繞著我旋轉，草木、
情人和政客都暈眩，我右手搭著左手
摸到一根微弱的礦脈 ——
我摸到自己的五官，像一個中國人。

小時候母親告訴我，只要一直挖
就能從智利挖到中國。我一直挖
挖到了死神的裙裾，瓷器一樣精細的花邊。

四周是五個大陸孤獨如島，僅以絕望相連。

母親，那年我們埋在花園裡的屍體
它發芽了嗎？我為它要到了一枚總統的勳章。

在石幔與岩漿之間，我嗅到了潘帕斯高原
風的腥味。在我乾裂滲血的嘴唇間
我吻著一個中國姑娘。哦，桑丘
把那條河、那消瘦的閃電給我牽來！

3

死在浪費著死。生來付賬。
山西話是咒語。死神有四川口音。
京城點著煙花。官員齊詠度亡經。
就在我的左腳變煤，右腳流向海河的那一天。

小時候媽媽告訴我：一直挖一直挖
就能挖到美國。我一直挖，
挖到了大同，一紙四萬人民幣的生死狀
折疊成我的觀音。她的裙裾鋒利

像一張美元。孩子，兩年前你埋在花園裡
的屍體，它開花了嗎？兩年前
你為之哭泣的那個國家，它戴上了自己的假牙。

黑啊，太黑了，我用煤灰在自己胸膛繪畫
一幅曼陀羅。我摸黑餵馬……
一夜走遍了地獄，秋池蕩漾的，好地獄。

我聽見綿陽開始下雨，上海被濡爛了。
一百個喇嘛從我家門走過。
太陽在抬著太陽的擔架。月亮來輸血。

4

大兔子病了，
二兔子瞧，
三兔子買藥，
四兔子熬，
五兔子死了，
六兔子抬，
七兔子挖坑，
八兔子埋，
九兔子坐在地上哭起來，
十兔子問它為什麼哭？
九兔子說，
五兔子一去不回來！

5

我是七兔子，我繼續挖挖挖，
在八千米地底，搜救我自己，
一邊挖一邊埋葬，那個聖母似的愛麗絲
那個菩薩似的愛麗絲。蝴蝶打了死結。

我的中微子通訊器已經耗盡了能源，
報告：地球還好，我是小白隊員。
我還好，一去不回來的只是那摩登時代。

現在地球繞著我旋轉，世界上每個人
都離我一樣遠：我抵達了地心。
每一個人都孤獨地躺在我的心中——
瞬息間正午來臨。

我在一部拋錨的地心潛艇裡種梅，
我知道山外的歲月已經耗盡，薄酒已奠，
那個被埋在花園裡的少女，結甜果子了。

滴滴光陰深。我是愛麗絲
花影燒著了我的白裙子，
我在地底和閃電結婚，生育了大海。

6

常德路旁有一群天使，打傘的打傘，
不打傘的被慈悲淋得精光。
我在其中傾聽，蜂群密集
聖歌震耳欲聾，有蘇北口音。

我趕路如蕭紅，在雲中捋大先生的鬍子，
中國病時，他是藥引。如今天地即方寸
鐵屋子燙手，他舉著自己的火盆。

黑追逐著黑，笑聲因循舊日的笑聲，
一個小上帝被我帶出了浦東機場，
在我懷中那朵烏雲中，他像中國人一樣不安。

這裡信號不良，網頁已經停止搜尋，
唯獨一匹馬學會了翻牆。
我在馬腹裡睡著了，我夢見蕭軍
帶回了明天的午餐，一支燒黑了的箭。

凌晨上帝的沉默震耳欲聾。

2010.10.23於上海大聲展「黑盒子現場寫作」

緬甸之憶
—— 仿策蘭，致翁山蘇姬

讓我回憶吧，粵西小城，院子中
開滿的原來是緬甸梔子花⋯⋯
我們到賣玉的少年那兒買我們的初戀：
那些女孩是淺紅色的，在雨裡凋謝。
我們的院子裡坐滿了螞蟻，
鄰居貓先生進來了，一個肥胖的老人。
我們划拳，我輸掉了舌頭；
你借給我聲音，也輸光了，我們不能爲任何人歌唱。
他像灰狼那樣打個呼哨，後面來了一隊士兵。
我們自由了，卻必須服刑。

2010.11.15

一個死者拍攝的視頻

> 小時候他常常羨豔墓草做蟈蟈的家園；
> 如今他死了三小時，夜明錶還不曾休止。
> ── 卞之琳

兇手未來到之前他已經行走在陰間
空氣中叫囂著無常之嘯
他低頭看看，不相信白晝已黑，布景中密布閃電
他打開了手腕上的錄鬼簿。

萬民傘忽白忽黑，四方山野忽哭忽笑
一條玻璃橋可托命乎
一片鐵霧碾軋著他的村莊，嚓嚓如雷貫穿螞蟻的薄軀
長歌短歌，啞巴舉起一隻手投訴。

那舉起的手恰恰舉起了那個還在呼吸的世界
焦乾的草在鏡頭前依然喘息
如今他死了三小時，夜明錶還不曾休止
如今他死了一個月，死亡才剛剛開啓它的計時器。

最後十分鐘，我們的顱骨如齒輪哢嗒哢嗒
我們從草叢中抬頭，謊言如血乾透
哢嗒哢嗒，聾子突然搗住自己一無所有的手。

然後酒鬼來卷起馬路，菸鬼來問骨灰借火
兇手來追問真相，死者為自己道歉辯護
天國未來到之前他已經拍攝了它的廣告。

從此剪輯不剪輯是入殮師的事是撰碑家的事
從此配音不配音是下一個死者下一輪太平盛世的事
蟈蟈有蟈蟈的家園螞蟻有雨水作伴
死亡的票房永遠不夠。

2011.2.1紀念錢雲會先生

「六四」二十二年祭

從兒童節到殺青節
我們的青春期只有四天。
從天下縞素到捆心以繩
我們的血只流了五步。

但是，門口總看見你
攥著一粒鐵的種籽在等候。
但是，馬路中央總看見你
提著兩袋雪的書籍在等候。

六月的駿馬不哭之時
我睡進了它的祁連夢，
黑熱的河流不再記錄之時
星星的鋒芒與水底的枝葉合奏。

爲了子夜出生的孩子能閱讀
雪人們寫的盲史詩，
爲了呼嘯著長大的孩子能
在凜冽夜露中敲響那朵鐵之花。

從兒童節到殺青節
我們的青春期只有四天。
從木樨地走到菜市口
一九八九年沒有盡頭。

2011.6.1

六月三日聽flamenco

雪落在山梁
我的雙腳被星星的荊棘糾纏
雪落在山梁
我在心上烤炙著另一顆心

很多鬼開始散步
莉娜，我的鼓不見了
很多鬼開始下山
我沿著腰帶摸到了粉碎的肋骨

張燕紅，我的《國際共運史》不見了
王衛平，我的《產科入門》不見了
天空無一聲鴿哨
葉偉航，我的中學畢業證不見了

清晨鴿子在雲端入睡
像宇宙間孤獨顫動的膽
清晨鴿子在廣場做夢
夢見很多鬼在塵世摘花

莉娜，你不知道
摘花高處賭身輕吧
莉娜，你不知道
明日花重錦官城吧

雪落在山梁
星星的雙腳扛起我的屍體
雪落在山梁
另一顆心沿岸打撈火焰

2011.6.3

注：張燕紅、王衛平、葉偉航，都是1989年六四事件死者的名字。

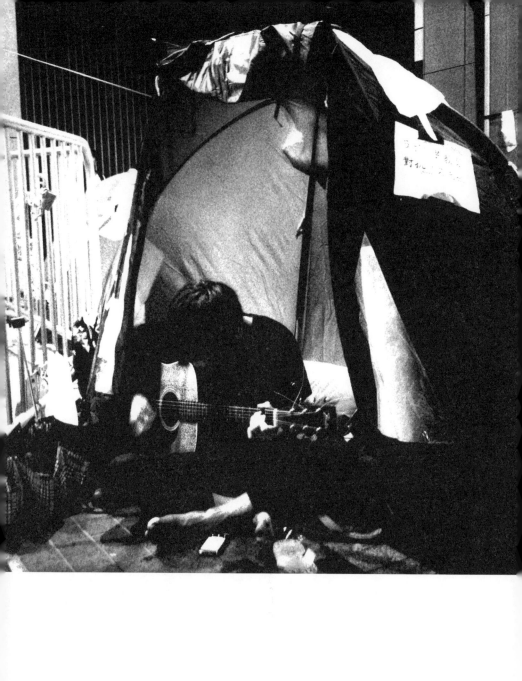

少年中國說
——兼贈孔捷生先生

當年少年長髮如錐
繫一抹白飄帶
如今三十五歲光頭
頑石長青苔，我單手
就能把它剃得渾圓如碓
這不意味什麼
秋蟬在我耳中瘋長
叫喚另一棵樹的胡旋

由夏復至春
由萬聖節到翌年的清明
我們都是憤怒鳥
啼鳴著撞向那些豎石而就
莫名其邏輯的龐然大物
與戴草帽的豬
一同化爲粉碎的圖元

折多少毛羽才能橫越
這片愚蠢的笑？
我窗下即墨樣南海
連槍齊放，多少人的伶仃洋
匯成這一個細浪如芒
剔心浸肺的文字海？

陰陽急景入此懷
落葉擊打鍵盤如鋼琴
連霧都摘下了眼鏡
只剩下十指觸摸
我們聳宕如初的眉目

月色亦同飲鴆
荒涼味如一壺木薯燒酒
逃亡者路過我的果園
揣著燈只索要一把荔枝

大夢……誰囈語

這一部動畫片似的憤怒根須
在夢的末端結寮搭灶

如今少年，虎口濺朱
一匕寒水，臨崖砥礪

你站在你的鬢角望這片廣漠的笑

2011.7.17

秋歌，我們生活著……

我們生活著，看大風遙遙不及我們的肋骨，
看一個啞巴唸出最婉轉的詩章，
一個盲人因為看見太多而被強光囚禁，
看那些闢謠者表演單口相聲，
看一個人的死亡兌換了一代人的死亡，
看那些合唱團在肉案上分發自己的喉舌。

我們生活著，就好像是生活過了，
杜撰平原上那些馬群帶起草塵之滾滾，
杜撰一個人為我們蘸墨寫一幅五色杜鵑，
杜撰秋光鑽進了我們的內衣並且撫摸了那些傷口，
那些熟睡者在美夢中皺緊了眉頭
阿門，杜撰那些貴婦打開了色情的荷包。

我們生活著，而生活就在我們的皮下血管潰逃，
螞蟻拆散了蟻穴，拈花者瞬間蒼老，
青猴不獨宿，它們的家在樹梢漂流——
這些謊話組成了秋天的全部，

黑桃在跟紅桃划拳，看誰是皇帝誰是獄卒，
一個聾子不可能聽見卻成為了他們私語的傳話筒。

我們生活著，歌頌這祖國之秋：栗刺替換了濃雲，
濃雲替換了絲繡的水庫，而大山慟哭
替換了移山的那位少女，少女替換了政黨，
政黨替換了那個歌手，是秋天的，秋天的男高音
他隱藏在我們的腹腔中間，抿血
像蚊子一樣嗡嗡地探討起沉默之美德。

2011.10.7

致一個流亡者

（101°42'E，3°08'N）

1

你的陽光比我的陽光黑暗得多

你逃。逃不去的，是平頂山的煤和雪
一樣的鮮黑，足足四千萬噸
在你的帆布包中帶著
一個個海關的刺鉤都不能劃破
一個個蒙面的關員，塞進去更多的煤和雪

像走私噩夢的人，你出現在我面前
送給我本來屬於我的噩夢
你口吃著在電話線的另一端輸血給我
儘管我們血型不合，你把一層層低壓
風暴中的電粒子，吵著架輸送給我

噩夢噩夢擦亮了牙齒，烏雲抹淨了嘴巴

2

黑太陽的苦舌頭，嚼鐵般的濕吻

它的冷乳房抵痛了日子的小腹
吉隆坡召來了它摩托突突的敢死隊
美國大使館召來了它草裙蓬蓬的男特工
操！都是祖國母親養的白臉，都是
蝰蛇壓碎了白矮星般的卵！

巨浪拽你下來，又把你扔回峭壁上
哪裡的黑暗不像此刻的太陽毒辣？
你突然像餓虎一樣咆哮著，
腸子勒緊了群島的琴弦。嘣！嘣！嘣！
你突然像一個荒嶼挪動了，地震了

火山口上，容得下一張書桌

2009.7.6

致一個被囚禁者
（116°46' E，39°92' N）

莫須有的罪也莫須判
他們想把你在每一篇檄文中刪除
使你成爲眞正的莫須有先生。
他們從永定河中撈出空氣凍成的白骨
給你做了莫須有的鐵窗，莫須有的枷鎖，
卻沒想到你從白骨裡蘸墨
畫出了夢裡人焚燒的春閨餘燼。

在這餘燼國度，人和鬼
都逆著狂風找尋亂灰上莫須有的腳印
猶幸總是一場冰接著一場雪來把它們封存。
崑山下人們駐馬，繫船，在冰中
在飲冰的口中燃你的名字取暖，
馬凍成了石馬，船傾覆成墓，浪成荒草
火焰卻隨冰吞下，煉爲腹中劍。

「奇字歷落蛟龍盤」，如大雪
呢喃無盡檄文，把莫須有寫遍。

我等天地為家，風作床，耐得住百般搜查
獄卒仍在狂歡，他們的笑聲已經嘶啞
先生！此刻靜極，只聽得積雪草下
驚蟄的蟒蛇窸窣，鬼魅宵徵，
燕市上爆裂了春酒一埕。

楚囚從容，讓我們把這烈夜一盞盞飲盡。

2009.12.9
劉曉波先生被囚一週年

注：「奇字歷落蛟龍盤」出自明末小說家、詩人董說《風雪中話楊機部先
　　生》。

致失蹤者

三十個小時了，你在尋找我們。
三十天了，三十年了，
一位，無數位失蹤的人在尋找我們，
你們在山壑，莽原，河床留下足印，標下記號，
標出我們作為一個人的形狀，標出一個
國度作為人自由呼吸的空間的形狀，
磅礴如你們空出來的位置，鼓滿了新雪。

此刻我們吃飯就是練習你的飢餓，
此刻我們入睡就是成為你的夢境，
此刻我們醒來就是代替你在說話，用消失的嘴巴，
而我們說話就是吐出你嘴裡的血塊，我們吐出
血塊就是向大風擊拳，我們擊拳就是為了證明
我們的存在，我們存在是為了
反駁虛無的無所不能。

日子從紅走到黑，又從黑走到黃，
烏鴉照舊梳頭海豹照舊做愛，人照舊擁有人的名字，
但在回頭時發現那個留下來佇立的自己已經不見了，

那個留下來和一堵牆辯論的自己被牆的陰影吞沒了，
那個嘗試把陰影卷起來放到郵包裡的自己被收繳了，
那個被擦去了收件人地址的自己被放進了碎紙機，
碎片各自拿著一個鋒利的偏旁。

我們僅餘偏旁，頓挫，曲折，支離。我們是白樺樹
滿身是昨日的抗議，抗議已經成為一首詩。
讓冰刀在樹的夢境裡一推到底，
讓馬兒低頭看見水面上銀箔似的蹄印……
早起的步行者們如群馬在晨霧中消失，
霧也試探邁開四蹄躊躇如未生之國，
它仍在我們當中尋找騎手。

2011.4.4深夜
為艾未未等失蹤者而作

注：「它在我們當中尋找騎手」出自俄羅斯詩人布羅斯基《黑馬》。

致一位持明者
（118°47'E，35°54'N）

當一個國家齜牙咧嘴
把自己改名爲朱門之國
你的村莊也隨之嶒崚支離
改名爲凍死骨村
叼著自己的骨頭在山腳猖狺。

它知道深夜可怕，鬼拍門
沂蒙山是蟻夢山乎
孟良崮是夢魑孤？
只有你和另一個醒者知道
他不是孔明，他叫張靈甫。

他撿拾了一身彈頭
你更累，撿拾了夜幕上的彈孔
足足有十三萬萬顆
這些光的洩漏
夠換一顆恆星不夠？

夠把監視者的斜眼遮蔽？
夠把沉默者的灰心燙紅？
夠把嘶叫者的聲音引向地心？
夠把遺忘者的忘川燒乾？
但你說此光只夠一燭。

深海持明，人心也不過一燭
貨肆上還不夠照亮彼此面目
像花苞攀登著午夜的樹枝
像魚骨穿過咽喉的幽谷
磷磷傷口交換轔轔車轍。

在凍死骨村，鬼引路
嬰孩以及虎狼皆不敢夜哭
一燭光與一山荊棘林在辯駁
有人正覓薪如餓火
你說此火豈只一粟。

2011.10.12
為陳光誠先生而作

致一個村莊
（115°66' E，22°89' N）

每一個村莊
我們都以為是最後一個村莊
每一條稻草
我們都相信是最後一條稻草
為了海和陸地把臂
慶祝雷和雹的豐收
為了每一滴眼淚
都變成第一場雨暴。

當北方的一個村莊
吞噬自己的兒子
南方的一個村莊卻不忍
自己的兒子被拋於荒郊
當北方的天空
帶醉把自己裹入烏鴉的軍團
南方的天空
卻回憶起戰象披血的列陣。

因為一個村莊已經起來。
這每一朵雲
都端起了犀甲和銅匕
馳騁每一道閃電在你的掌紋
是冷兵器時代的記憶
在那農人彎腰俯就中伸直
是一個表決的手勢
代替了斧和鐮刀。

因為一個村莊已經起來。
十二月的田野是焦土的氣味
碩鼠的洞穴草草掩埋
埋不下去的是我們的身軀
向著烈火豎起中指——
說此地沒有英雄
只有對土地本身的忠實
令每一個受傷的人成為勇士。

2011.12.18，向烏坎村致敬

注：「因為一個村莊已經起來」，出自詩人穆旦《讚美》：「因為一個民族已
經起來。」

【三】

桃花謠

有女子夢裡唱桃花謠
聲音何其蕩漾蕩漾
陽光於是融融
抬頭就是春色滿樓流轉
像道外桃花巷
但沒有嘈嘈、喋喋和綿裡針
只有人的旺盛
或做愛，或三五裸身笑
這不是淫而是人的正當
如葭管吹霞爛漫
她們的熱薰紅了窗紙與細廊
她們的輕，令龍也安睡
她們過門時，乳房微顫
令這一樓以外的黑暗也微明。
這是新年一頭年獸做的新夢
和這一年其餘的鱗片犄角利爪無關
它昂頭瞇眼復笑，嬰伏在我胸上。

2012.1.23

懷木心先生

一隻巨兔在江南那灰暗地方看雪
雪落了一個好處
牠的鼻子悉悉，目光如梅伸向寥寥的題字

一隻巨兔絨毛惺忪，十字路上人人經過
經過而不知其範圍天地
而不過，牠的灰渾忘了陰陽

牠的前生必定是一個美男子啊
二戰的炮火僅僅使他如風、落帽
露出了他完美的耳朵

在江南那灰暗地方，月餅凍成了少女的畫夢
一九四六年，雪落了一段好辰光
這好男好女，不好商量，反正牽手一襟暖。

2011.2.4

杜甫誕辰一千三百年憶

那天宇宙萎縮濕冷如一瓣木瓜葉，
被遺忘者的靈魂細紋癒合。

那農民工代替我觸摸你的銅像，
彷彿他比我更理所當然，
更苦瘦，更凌厲，更知道塵世的幸福，
因此他把腰挺到了不彎的高度。

那銅像代替了你接受摩觸，
彷彿它比你的詩句更理所當然，
更苦瘦，更凌厲，更知道幸福之塵垢，
因此它把腰挺到了箭的直度。

更迅疾，更銳利，更易於折斷，那是什麼？
你和你的時代都反對這種風格，
一千三百年，風格破了，只剩下風
在追殺著列車載不動的錦城春色。

我知道滿地竹殼仍在燒自己生火做飯，

做飯就是錦繡萬千吧！我記得
碗缽瓢盆都在她的羅裙前奏響，
我們一起回憶全人類，獨遺忘了她。

是日宇宙萎縮濕冷仍如一瓣木瓜葉，
善忘者的靈魂細紋皴裂。

2012.2.12

憶牯嶺街少年

寂靜，短髮，檸檬裡剔光，
傷膝，啄石，發苦衣領，
鳳梨，山竹，碰了乳尖。

我重回那塵撲撲的馬路，
聽你嶄新的車輪轆轆。
你的笑滿滿，光燒焚了底片。

一年一度的羅斯福路，
一生一次的牯嶺街。
鐵下心腸，把陽光打成利刀吧。

鐵下心腸，把陽光打成利刀吧
夠一個天使在刃上跳舞。
夠一只豹子破開自己的夢境。

2012.3.17台北-20香港

寫給大伯父的悼詩

來到殯儀館的時候，一時風緊
落葉和香灰裹挾我們進門，
你沒有歸根，也沒有薪傳，
這就是你留給我們最後的暗信
不需要落款。甚至她遞給我蠟燭時
也沒有說那意味著指引。

長子，長孫，依身分我跟你一樣
一樣從父輩無所繼承，
除了一張黑白遺像，你捧著你父親的
三十年前。我捧著你的。五十年前
你和我年紀一樣，從廣州撤退回港
輸給了黨這個老千，只賭餘一張底片。

我們已經習慣從一無所有中攝合光影
忽略光陰。最後你的日子簡略得
只剩下對香菸的渴望。最後
紙壽衣卷著你，等著另一個點火者吸聞。
我知道不會有什麼火焰的，
那些假錢和經文焦卷起來的時候。

那些伶仃洋的浪蓋在頭上的時候，
那些兵匪的子彈掠過臉頰的時候，
那些蕉葉陰影撫慰了裸肩的時候，
你黑綢衫颯爽伸出左腳探進民國卅年
那些中藥匣子全部語焉不詳的時候，
敝家族被卷起來填飽了煙。

你的重擔早已卸下，給某個乞靈的婦人
不是你的妻女，也不是西關或澳門某媛
她們早已沉默了五十年。
那些伶仃洋的浪蓋在頭上的時候，
我聽到嚓嚓的聲音，鹽粒穿透你的魂
時間咀嚼一個人像咀嚼石灰混檳榔。

時間啊，請回味這毒藥一般的滋味——
這裡睡著一個人，他是一個土槍手，
是一個商賈，一個被公私合營者，
一個中藥師傅，一個失敗的賭徒，
一個幻想修建花園的離鄉背井人。
請輕輕抹去那些浪沫一樣的命運。

2012.3.23

千年夏歌

微青的初夏之晨，二〇一二年
與一〇一二年沒有什麼不同。
「幹得不錯。」巨大的道德梟在床邊
窺伺我。睡夢中的妻子伸開雙手
分別護住兒子和我。

「如果你因為做了父親，
詩歌變得溫柔那是多麼可惜。」
巨大的青春獸在大學詩歌課結束後
尾隨我。昨天我的手上長出了藍羽
腳長出蹼，我問這是什麼，
他們說「我不知道這是什麼。」

我只是在北宋的池塘扔石子而已
澶淵之盟已結，我也無詩可作。
深夜裡捕得的鯉魚沐浴星光
肚子裡有兩封信，
我把皇帝趙恆寄來的那封扔到一邊。

另一封是你寫來的，
「不要卦卜，一千年後狂風大作
那些印第安人的舞蹈說明不了什麼，
蒸芋頭蘸醬油依舊好吃，
一千只光明雀吱喳如昨夏。」
那好，明天我繼續教契丹人畫工筆畫。

2012.4.15晨

讀舊日記

嘿，這位長髮過肩的搖滾青年
你以為你體驗過黑暗
我今天向同一雙手嵌進更多的石頭

嘿，這位目光灼灼的哲學青年
你以為你嘗試過飢餓
我今天向同一個胃埋進更多的松露

你曾經在炎夏清晨走過異鄉的堤灣
不回頭，好吧，那些屍骸我來收拾
把腐爛了的旗幟也給我，還有鐵心
你的背囊難道不應該更輕嗎？

你的坐騎難道不應該是消失的外星信號？
你的吉他難道不是捅向我的光劍？
你的陰莖難道還在寫詩嗎？

你裸體行於珠絡之市，已經一萬個晝夜
通讀衰老經的人在拿你的傷勢圖來紋身

我今天向同一尾青魚撕碎同一朵雲

我瞧見你擁有這些金色的霧
我嫉妒你，並未夢見我也擁有同樣的霧
依舊濕淋淋，在威卡河畔的泥濘岸邊。

2012.5.23

「六四」二十三年祭

他站在這街口已經二十三年了
和炎夏戰鬥，和喝醉的蟬戰鬥
和白衣的颯，和雙手的鉛
戰鬥。他的左手提著
遺忘之骨，右手提著
虛無之血，騰不出手來
和二十三年後的我打招呼，
騰不出手來，捂住我的寒意汩汩。

如果你在facebook遇見他
按一個like吧
趁時光尚未把底片轉變成像素
趁自己尚未把他刪除
影子釘牢了他的左腳
他的右腳仍向前邁步。
我喊一聲停！向前就是鑲滿鑽石
的淵谷，就是萬人低頭
閱讀但回應為零的一條訊息：
「請和死者分享那一節雷暴——」

其實是「不再追蹤貼文」，
不必追蹤這些履帶軋軋
碾碎了蝴蝶的驪歌。
我看見夏天停留在那少年
汗濕的鬢角——如石榴花
淌下腥甜的夢……
那個廣場卻凝凍如巨冰
封存了紫色的日月和星
最後是煞白的寶麗來一幀
在左胸口袋裡捂了一夏
被春風剪成碎片。

轉發。右鍵。收藏。
咄咄世界如一張印壞了的黑白傳單
堵塞了未來的網路
任何駭客也破解不了
只能伸一把最原始的火把進去
聽他們私密交談，那些嘎嘎與嘶嘶
和彈穿的書戰鬥，和慶典的風箏戰鬥

和那朵無法在烈酒中化開的雲戰鬥
和蟋蟀的屍骸戰鬥，是的
你再也不能抬起你的右腳
因為我的影子已經把你的左腳釘牢。

2012.5.31

長頸鹿
——再致被自殺者

在你的同胞自由行購物的時候，你的自由被他們付鈔買走。你的自由就是混雜在貴金屬和舊皮毛之間幾點血沫，誰也聞不到慘叫和腥苦。

在你的看守撤退到與死為鄰的春夢中的時候，你的言語從盲眼和聾耳中醒來，散落了一地螞蟻，螞蟻再搓成麻布，麻布如蛇遊到你的脖子上，不假你手。

是這樣嗎，死者？是這樣嗎，未死的人？

「那個年輕的驗屍官發覺死者們每次體格檢查時身長的逐月增加都是在脖子之後，他報告死神說：『長官，窗子太高了！』而他得到的回答卻是：『不，他們瞻望正義。』

仁慈的青年驗屍官，不識正義的容顏，不知正義的籍貫，不明正義的行蹤；乃夜夜往動物園中，到長頸鹿欄下，去逡巡，去守候。」

當你附身窗前你只見仁慈的啞巴看客，當你寄居鐵鎖中你只

聽到知更鳥趾骨鏽斷的聲音，但是所有的樹都被殺死了，所有的夜都被探照燈照亮了，即使這樣你還是不知道正義的墓塚在哪裡。

「那個年輕的被自殺者發覺兇手們每次體格檢查時身長的逐月增加都是在尾巴之後，他報告死神說：『長官，窗子太窄了！』而他得到的回答卻是：『不，他們的刀能伸進來。』

剛毅的死者，認識刀的容顏，認識刀的籍貫，認識刀的行蹤；乃夜夜往動物園中，到長頸鹿欄下，去逡巡，去守候。」

2012.6.8仿商禽，悼念李旺陽先生

沉香誄

那一意孤行的聲音輪砍月輝
老哪吒思深如烏雲中電翼。

無所謂故國哪朝亂枝何在
亂紙亦不書寫這個冰冷王子。

誰的幽靈在層雲烈宵彼端等待
誰曾與一張撲克辯論愛與不愛。

盆舟與雪意寫滿孫悟空的悔衣
落拓江湖掌中沉，傷追人。

你老婦團花的夜肩上曾有
少年哪吒一吻。

2012.7.6夜航成都機上聽蔻珊呼麥

爲一對母女殺人

今夜我想殺人，並且不尋求原諒
與山借斧，不立下借條
在風中磨骨，撿起每一滴錯誤落下的雹冰

山也不會介意這些黑血玷汙它的霧
風甚至把不度亡經寫上我的啞膚
我是夢的最後一根繩索不尋求原諒——

只摟緊黑夜的女兒，黑岩砸金的女兒
我的黑色乳頭吸吮自己的女兒
把最後一個湖泊哭乾藏進裙底的女兒

我光明如白銀礦場的女兒箭鏑空鳴
我是咬鐲生下她的母親幽澀如鹽
是每一顆錯誤結晶的鹽不尋求原諒。

2012.8.14為唐慧母女而作

身是客

一

你的耳是蒼耳
綠苔中聽寒鹿鳴
右手遺失在蘇伊士運河
把住一些虛空的浪花
左手遺失在利物浦碼頭
與連儂相握

哭生鏽了，鏽出笑來
陶身淡了，淡出鳥來
鳥是異鄉鳥
不寄遞長安一棵柳的消息
左衽包裹右心
六神本無主，身是客

十萬朋客也是客
應學你連雲笮，半面妝
吹噓漫天鐘聲，到客船

他們漫步你離開的地獄
你的目是蓍苜
咸送帝裡暮色

二

月落烏啼馬行偏
青楓冷火
異鄉神傳故鄉夢魘
十萬紅衛兵不是客
你我都是他們砸剩下的
一個秋池，一個夜半

而嬉皮已死，無須燒衣
伶仃在伶仃巷
你不是一個夢，夢也不醒
南非人在囚室裡拍攝你
智利人在冰裡析尋你
中國人依舊把自己製成標本

他們在博物館裡裸呈神經線
在畫廊裡拍賣筆中仙
在祖國，偉大的祖國！
他們憤怒地愛，席捲地愛
不愛我的浪淘沙
不愛你的胡不歸

三

這身裏的國旗若不落
安能辨我是雄雌？
這天涯若不終結
秋雁只能帶箭飛
東和西都是我的款擺
見與別遺落在南和北

如音樂盒鈴聲：
唐宋元明清，一夕敲響
貪歡的伶聘
隨我忘川裡搖尾而來
隨我旋藻盤成維多利亞回文
落花流水，水流花落

冷眼中十萬雅皮酒一杯
也無從痛飲江湖二字
我不須唐人街雕欄玉砌
只須殘瘢斷腕應猶在
不須東風，任其朱顏改
舊天堂有老通牒簽蓋

四

你垂袖裡有無限江山
她挽髻中斂了這些無限
我鼻頂玻璃，盤算盤川
是否可以把你們帶上東歸路
只怕東歸路是西遊補
白龍馬是彼得兔

你們笑，笑這時空太小
不夠跳一次劍器舞了
我的吉他是你的胡琴
你的蘭花是我的束手
而誰抬腳推開一段混沌睡
撈回這個觸蠻世界？

一方客枕夠夢幾個故國
不愛不愛，悲與喜與
盤川等於蹣跚
這一身能藏多少碎步
感謝你們修了一個化城
讓故人愧對幾方客枕

2012.9.14─18，利物浦一古董店見漢俑而作

拒絕被哀悼的一個老頭
──紀念艾瑞克•霍布斯鮑姆

關於明天的展覽昨天已經結束了
末日扛著一個秋天的庭園來到
那些倔脾氣的老頭子終於擁抱了
更倔脾氣的大天使基路伯
此刻俯瞰我們，正在掀起生活
像掀起鏽井蓋。一十二塊錢。
收購悲哀的傢伙已經在路上。

老大，我要哀悼你，用這些老段子。
不需要時代，不需要克格勃的奶油
當極端只屬於海面的星空變奏
當馬克思只發生或保持與燕妮的關係
而布萊希特一如既往賺得他的三便士
老大，用手風琴拍照吧，用鳥頭敲門
你畢竟是個爵士。

你和菲力浦拉金有共同愛好
反對LSD懷念鴉片酊的即興Bebop
你們在柳蔭下埋下的那個英國她腐爛了嗎？

她的眼鏡是否還攥在林黛玉一樣的手裡？
世界早已焦頭，你還能爛額乎？
紀念碑已經刻滿了你也不再需要一首悼詩。
但是奧菲莉婭的汙泥塞滿了我的空心

噓！噓！使勁沉默的時代
也到頭了嗎！老大，那桿槍呢？
或乾脆說約翰列儂那根鴨子領帶哪裡去了？
你不知道香港可是香港也不知道你。
你不熟悉後鄧的中國只熟悉中國的盜匪。
可這不是一樣嗎？斯大林就是四四格先生
英國共產黨就是印度飛碟愛好者協會。

哎。使勁嫉妒的浪花啊，請接納
這當代史上最平靜的一夜。
滿天亂轉的菩薩和意識形態
請忘掉他就像忘掉圖靈和霍金，
因為他是用蘭波的詩集做禮拜的老大。
阿門。猿猴已經穿上了寇比力克的晚禮服
關於明天的展覽昨天已經結束了。

2012.10.2

白石

我的俊友
這麼多年你在哪裡寄存
你薄如竹簡的好身體？
我呢，十年了
把己身鑄了一把魚腸劍
給魚攜帶

浩蕩中能聞你清朗
不用畫一座橋
不留一個形像，在激流
我呢，測水忘歸路
在桃花溪
殺了一個望氣的人

我的俊友
我不知道他就是你的情人
鏡中理哀弦的無數
游到窮途
我且銜一座山的倒影
青崖不拘白鹿

我也不橘白露
只霜降暮山竹
髮辮束結死亡琳琅
一搖舟便斜，蕩出化城外
是的，這首詩不是我寫
是某某寄身乩童

我的俊友
讓我給你燒一匹無情游
換新雲留步
肝膽一線，笑意即梅鶴
昨日之海起了霧
汲茶不必凌波路

2012.10.26.重讀姜夔

舊詩集

一直不敢打開的詩集
打開了，有一個手印
在〈瑪格麗特與大師〉那首詩上
「誰是那年春天妝扮她的洋槐花？」
誰？是誰，哪個慘淡燈光下的
裝訂工的小髒手——她的
洋槐花，先於我讀到一些
與死神砌茶下棋的句子
她留了兩眼，一口氣，活著。

封面上枯瘦的畫像不是她
除了攥緊的拳頭。
「這是最後一夜，我再也不遲疑。
這是厭世者統治的世界，我也不再
窮於隱瞞。」那些融化
近乎光的花都是她隱瞞的，
我把手比了一下手印
恰與舊冬天我握進口袋裡她的手
一般大。

我握住了，手指冰冷
一一松開，死神她在喘息。
雨雪在那件舊大衣裡
淅淅落下，窸窸化作無有。
——莫斯科是存在的，
我寫過〈赤都心史〉，
你我分飾了一角。
那裡的人因爲酒醉
始終拒絕每天簽發的永別。

2012.10.30讀MY詩集

毋祭文
——致藏地自焚者

一團又一團火像冰凍的星簌簌熄滅
沒有什麼，大地上只剩我們未被燃點

死亡不是詩的理由，再生也不是
星星的殘骸落在雪中，剎那十萬年

十萬度高溫的凝凍物，這黑晶
是我們稱之為鳳凰的，你們稱之為獅子

在我們十四億人的虛空上淒唳的水晶
在你們五百萬人的戰意下低哮的水晶

這赤水中奔馳的黑冰無從加持
閃電雲層中逃逸的離子靈魂無從挾持

只剩我們了，未被燃點未曾詛咒和圓滿
危石累累曲趾拳拳抱卵如未生

一團又一團星雲無知於你們我們
以彼此愛恨為酒輪迴路上一醉到底的死者

2012.11.15.

聽一個盲人拉奏月色

一個國家的廢墟把亂牆砌到他的黑夜的每一個節骨眼中去了，可他依舊縱橫開闔，闊步如少年銀匠，帶著四十九個村莊的姑娘。

他能聽見鏡子裡面光線的流淌。他的國依舊載乘在《山海經》某巨鳥的一根白羽上，或者杜甫律詩結尾那條魚龍的一個夢裡。

秋江靜也嗚咽，鋼絲錄音機時刻挽弓待射。他的弦是長劍蜿蜒，到了月色的盡頭還斷續抽身如素衣幻術士的一句吟嘯。

黑夜無限鎏金如底片，他化作春雷好一頓著墨。「沒有酒的時代，他把自己喝成酒。」

2012.12.5.子夜聽阿炳

擬末日詩
——給疏影

最後一班航機
在七點準起飛
漸漸進入永恆
這個彆扭名字
那死神的面具
這靈蛇的首尾

淨化開始發生
烈焰像綠葉海
舔舐乾旱洪荒
那些光輝燦爛
的人類紀念碑
不必等我重回
就簽署了腐蝕
浪花另一身姿

不須十五分鐘
天已經黑得連
黑夜也看不見
但是親愛的你

看那乾脆的花
那些瑟瑟靈魂
搖擺如這星球
最原始的一夏

我們飛機懸浮
平流層的銀光
利刃翩翩之中
離毀滅隔千山
距重生猶千海
靜靜地看文明
閉合薔薇花蕾
親愛的你看那
億萬雄雌花蕊
烈焰當中交配

待冷落再重來
鯨骨下新家宅
將為不存在的
你我遮蔽裸日

爲昨日水默寫
爲沙之書檢索
爲無字詩誦讀
爲白矮星表演
輕盈尼金斯基

2012.12.19

祭如在

如在，其實就是不在
想像你還在旁邊堅強但是不能
一年的最後一天
我身邊依舊是詩集、異國史、
筆、麵包和苦丁茶
你最後送給我的禮物也是苦丁茶
我最後送給你的是詩集。
時間把一切收回
那只收拾雪的手收拾了火的零絮
把某條你走過的胡同焚毀。

總有一些角落永遠不在了
貓的問路還在
那一聲回答不在了
鬼的溫存還在
那一張用虛空納成的棉被不在了。
我想起一個人
他用獨輪單車載著這個世界
用單片眼鏡燒著了這個世界

你還記得他嗎？他住著單人囚室
划著獨木舟，在亞馬遜河抽你寄來的菸。

我們不再通信
不再出席友人的葬禮
假裝初次拍下來的照片就是遺像
假裝手上握冰就能把餘溫封存
假裝口裡含冰就能噓寒問暖
大塊的冰代替了說不出口的雪山。
我在海拔五千米山頂涕淚縱橫
違背了你的教義
爲異鄉神送上犧牲。
我們都是滑雪板上的游擊隊員
在這個乾旱如水星的世界上。

一年的最後一天
凍土下赤焰花靜悄悄生長
映紅那些青青白白的骨骼
靈台亦是妝台
那只收拾火的手，不可有悲哀。

2012.12.31 MY二年祭

北京地圖

重過十里堡

九年了仍如初見，
我的記憶像一個風塵女
營生在廢墟間，殘餘桌球室
與「戀歌房」重蹈俗豔。

她仍然用小喇叭叫賣「中國」
好像那是她的一雙冰乳房，
仍阻止我借夕光舉起相機
拍攝她的廉價彩妝。

我側身睡進她的春夢
一床黑心棉被裡的酣眠，
我的盤川在九年前早已揮霍盡，
僅餘桃花面。

仍是不知道流向哪裡的河，
和不知道在哪裡拐彎的鐵軌，
抽打著不知走失於哪夜的裸身！
十里堡……

只有黃昏吞沒九年沙塵，
一場暮雪欲下未下，終成粉。
最後一張底片尚未顯影，
小照相館已經被房產店擠遷。

盛世如怪風蹂躪著青蔥，
沿街窗在一夜盡封，
她的生意已盡、燒了酒幌，
我只是那向她討過一碗水的假行僧。

2010.3.7北京
（朝陽區十里堡，是我2001年於北京初居處）

北京五月謠
——寫給民謠歌手張佺和宋雨喆

在機場輔路，一排青天下的白樺樹
突然刺穿了我的心。

有人送一陣西風來裹傷
風中是團團沙塵，一個國家的背影

陰暗如金。一對蒙古馬並肩
高如景山，跑過了東四環，汗血斑斑。

我的哥哥在地壇扯著嗓子唱：
早知道雲南的水呀乾了，
修他媽的那個大壩了是做啥呀呢！

我的弟弟在三里屯扯著嗓子唱：
早知道貴州的水呀斷了
種他媽的那個糧食了是做啥呀呢！

坐著一個江蘇人開的黑車

我蕩著，又蕩進了洪水瀲灩的北京，

夜霧中布滿了省略號……我在白袍中
裹藏好染紅的白毛巾……

我的姊姊在她綠松石和碎銀的鳥巢裡
繼續孵一枚蝰蛇卵。

我的母親在已經拆空的南站給瑪麗亞寫信，
今年已經是她第二十年上訪。

「因為我們的兒子都死於沉默。」
啊五月啊五月，罌粟無意開遍了廣場。

2010.5.9北京至香港飛機上

蘇州街驪歌

只有那修車的大爺還在，
全世界都掉了鏈子、扎破了胎，
天荒地老，一間麥當勞
守著他就像守著漢堡神偷。
柳蔭呢？雪中鳥呢？全部新生活了，
蘇州街沒有歲月神偷，但有房產介紹所，
賣掉你大爺就像賣掉王老太和她的女兒。
我是「叮」，等著鐵鑿子敲下那一聲「噹」。

我是藍臉人重過蘇州街
一隻腳瘸了，只留下了一行字：
寫了昊海樓的海、中國書店的中，
大不了加上後來威尼斯影城的影，
湊成一艘虛無縹緲的愚人船。
而我，我踉蹌模仿側翼，在盛世劇終
的槍林彈雨中規避飛行。
我是貓，聽著捕貓隊狡猾的一聲「咪」。

只有那修車大爺的愛人還在，
她漂浮在東四環橋底下，
和來往男女擦肩，小福子也曾經的香香
終不敵、中關村、風流總被風吹雨打去。
我突然捂緊了小腹，攙住半空中一隻手，
痛哉！不是夜，不是叮噹黑俠……
蘇州街，著花衣，就在不可及的遠方
跳著猴皮筋走遠了。貓了個咪的。

2010.9.3

注：蘇州街2號樓，我曾住此兩年，現已不存。

反秋聲賦

1

所有的人都不是我認識的人，
所有的黑夜仍然是我認識的黑夜。
敝朝在發出最後的嘤鳴。
錢糧胡同的反秋聲中，
有人醉讀《城門開》。

2

新東路徹夜敲老竹，
初一白露，十五中秋。
人們建設未來的監獄，老虎暫鎖於霧。
人們以蘋果為藍本建設未來的柚。
人們乾透成為人民，
人民被幹，彼此幹，滿身都是鏽螺絲。
什麼是秋意，這就是北京的秋意。
思想還像石榴咧開了傻嘴，
可是果實長出了一座又一座小廢墟。

哦，吾愛，
讓我們環抱凜烈，連飲於北京的霾火裡。

3

睡夢在一個人體內滴瀝，
雙榆樹夢見了兩電車，滴瀝。
空無一人的板樓裡，他迎接七〇年代的刺蝟，
他睡成一隻大刺蝟，紅毛白臉，
很快他的身上便刺滿了尚未熟透的酸往事。
老北京用果箱建了一座雨的宮殿，
灰夢簌簌落下，
刺蝟給樹獺戴上了婚戒。
走吧走吧，路仍然等於罌粟，
白冰洋仍然等於汽水。

4

我們都是馬的亡靈，在藍旗營
聽一個蒙古人祭祀我們。
骨骸依然狂奔四環向東，濃霾如醉。
一路碎瓜，我的九○年代，
蕭殺的手再也打不開空中一枚雞蛋陽台。
第谷先生告訴我的（我未告訴別人）：
地球第一個環形山已經坍塌成形，
那是我的北京，名叫麒麟海。
我知道你們不在。

2010.9.4-6

三里屯上空見雪

三里屯上空的飛碟就要起飛了，
但此刻，薄雪一領如哀幡，
為我重建我的北京。
它貼緊了三里屯南街的傷口捂住了汩汩黑血，
蒼白的手像子夜兩點的「河」摟攏著最後一個我。
我二十五歲的某一個冬夜，薄雪依舊浸濕我薄髮，
巨鴉銜走了我窗台上的鑰匙，
祖國母親揍傷了我的肋骨，
我和一個白俄女子跳舞，被你宣布為叛徒。
我把手風琴折疊為醉舟，痛飲我的小號，
為藝術為愛情，我們也曾為立春哀鳴，
在鐵道橋旁的籃球場領受雪的冠冕。
你嚼雪擁有了雪的溫暖，
我帶著一場雪像帶著一個小馬戲團，
與世界分道揚鑣。
從此拋向空中的彩球不必落下，
走鋼索的姑娘為自己盛開如花，
睡夢中的老虎不必躍過烈火，
皮埃羅先生也不必飾演我。

從長虹橋到十里堡只要十五分鐘我卻不再回去了，
二月二十六日晨有豕負途我願載鬼一車
這些雪的精靈為你變化如霧，眨眼如初。
三里屯上空的飛碟就要起飛了，
我不上船在工體北門賣掉了我的船票。

2011.2.26

開不往辛亥的火車

粵漢鐵路K10次

1

我的遲到敵不過你的晚點
狂奔竟然趕上了列車的初夜
它顫抖著彷彿將生產一個世紀
在文明棍與農婦的黑襟間孕育此妹
你垂首枕臂如馬克呂布曾偷窺的
你一抬頭卻是馬丁帕爾施彩妝的

這少女永遠生硬如南海的十三姨
七十二烈士不曾愛上的一個
名喚亞男或者愛弟
她撇嘴，你的火藥該放在槍腔還是鐵軌？
放在我的胸口上吧！我不是覺民也不是兆銘
我喘息因為革命如舞獅，采青如敗傴。

2

都是好戰場，買骨之肆，群山出嶺南

帶著黑白無常掃月台上群山如垃圾
多少人迤邐過此，黃埔還是保定
軍官學校還是東洋警察學堂？
踏踏的馬蹄不是一次錯誤吧多少人
今夜突然和淚吞下母親的姓名？

第一役就是最後一役，周恩來等於
戴笠，孫文和孫武索性成兄弟
那火車裝甲否？那大炮脫了炮衣
現在就等你的一個謊言炙熱
但請說真話：死者清白如月
寧靜海中虛無黨人懷揣火山的猛烈。

3

我路過岳州時工人們還在臥軌
因為此軌清冷可以在好頭顱下一枕到底
我路過衡陽長沙時大火還在舔舌
因為歷史辛辣可以爆炒這半截祖國

夜色倒行著時光蒸汽機，張之洞手執十萬股
詹天佑是折紙當駒的美狡童。

而潤之是湯姆威茨乎？火車不曾路過湘潭？
但依然扎傷了漣水河旁的蔥白腳
我是籌款過路的算命先生黃綠醫生
知道一百年前止血須蛭
趁這一車串的人都在做草莽亂夢
且收割那呢喃霧裡惡蟲蠓蠷……

以上7.10夜

4

玫瑰色大霧稠膩著長沙，長槍短弩
盡鎖與昨夜，湘軍一營一營起拔
國軍一營一營起拔，有的營號從此空缺
誰也不願記起那一戰又一戰的慘烈
除了你是落單的旗手
揮贈一天赤霞包裹不寐的長沙。

此城在我記憶裡淪陷於民國八十三年
軍旗撕成一片片紅雨落下

過大的軍大衣壓著那拚命長大的身軀
左翼和右翼在劃拳、夜泳於雪池
國家迎來了第一次悲哀的自由經濟
註銷的軍隊中集結號由風吹起。

5

民國二十五年的老路已經不再嗑疼民國
它只嗑疼我那民國六十四年的背脊
在郴州站耒陽站皆無人上落
只有些民國三十年的老鬼託郵於我
我苦於他們常寄一杯深茶
或一把火鐮，到漢陽軍械所。

我遂夢見民國十年的鬼春遊
民國二年的鬼做愛，民國某年的夏霖飄飄
疼痛隨心放風箏入雲霄
那是周氏兄弟的風箏，過的是廢名的橋
我夢見老鐵軌把新中國纏繞
她說：她愛，她由輕車裸馬馱來，她不在。

2011.7.11

開不往辛亥的火車

武昌三頌

首義頌

不過是我居住的一條街罷
由每天的兩千碗熱乾麵統治
不過是快馬加鞭的先人詞
微利讓與GDP
拭槍霍霍他擦錯了方向
飲馬汩汩它深目無醉
革命喲翻新吧戮力翻新革命
我輩黨人未許這一段斷頭詩。

先總理頌

你沒有在此就義，那當然
於是你也無權選擇
你的雕像是赤色
還是金色，是觀音還是羅漢
但你委屈時可以像他一樣剖開
肚腹，呈出這個百歲嬰兒

是伏虎、是降龍，是國產許多尊者，
先總理在歸元寺飼龜。

人民頌

我希望的人民像湖水
希望湖水有冰有魚
我希望的人民像秋天的空氣
把金光與死亡調色和諧
人民不那麼樣他們也還是人民
只是我喪失和他們一起大笑的資格了
只是我喪失和他們一起吟詩的資格了
只是我喪失和他們一起封聖的資格了。

2011.7.13 寫於武廣高鐵上

注：先總理指孫中山，曾任國民黨總理。

開不往辛亥的火車

武廣高鐵G1003次

1

就讓一切暫停好嗎？
讓田有水光，讓鶴有歸巢，
讓晚歸人仍能辨認那條山徑
或者涉江的小船。

且由那快車瘋馳，
隨便它到何時何地，是否攜帶
黃花崗那一縷香氣。
也總有人滑翔於這末法急景。

「好人在地上挖土，
仙人在天上踹雲。」
今天我得聞此慧語
來自六歲女孩王約的教育詩。

我要把它送給那些揚子江的魚龍，
他們入睡時就能聽見江泥的韻律

那是和橋上分馳南北
那個世界完全不同的世界。

2

他們鐵血精忠，最後血沃草木；
他們醉生夢死，也盡歸蚯蚓的胃。
噫，拳拳乎，搖搖乎，
山河悱惻展開來。

我不知道一寸一寸，死神買下了
多少尺土地。但鐵軌已經無縫
沙漏也無法吭當，
番僧呈上另一個宛然法器。

大霧在下午三點準時升起
這是女乘務員張麗的雲夢澤，
陽光在三分鐘後面依約等待
那是我急心中的斷代史。

噫——車輪卷沒十八星旗
魃與夔互拭淚。拳拳乎，搖搖乎，
田父也是國父啊今天
浮雲沉重，模仿蔣介石。

3

未許山河私帝王，
縱令風雷斷肝腸。
林昭可以縫此破碎，
用那勾連血海的愛。

在湘粵混界之大野，
虎龍有飛降未決之勢，
飛降未決也就罷了，
滿山蕨竟因此被鎮壓。

長鋏未逾跬，
空遺宕山姿。
燕談厭世會有時，
渾將五嶽付一騎。

在湘粵了斷之深滸，
虎龍有吟唱擊缺未已，
吟唱擊缺未已也就罷了，
我的速度竟因此夙夜亡止。

2011.7.13

注：「未許山河私帝王」，出自詩人林昭《血詩題衣並跋》。

開不往辛亥的火車

西安至蘭州

1

晨光盤剝城市，但解放群山
對流放者說一聲晨安
革命從東而至，到西為止
放棄了一節又一節的社會問題。

港客們熱烈的討論到宗教與無知
群山在渭河邊上喚拜禮
流放者遙矚秦嶺，黃屋依舊
無所謂大逆、事變或起義。

2

快車啓動，慢車沉睡，漫隨山水
麥積山上黑臉力士們賣力辯經
降不住這地價悠悠開展
泥菩薩坐行千里一線。

人民在第三節車廂與他相遇
在第十三節車廂不知所終
噫，一節又一節的懷疑論問題
德國車也載不動他的心事重重。

3

玄奘屢敗，如一九四八年的蔣公
這一地碎片已經不再是華麗絲路
這一群馬匪也不是馬步芳
他們沿途鳴槍壯誰的行膽？

七十二變的護法神，七十二次
虛構自由，三千次緊箍咒
這毛臉喇嘛淚眼向西寧
認不得出塞者的醜模樣。

4

水啊水，二孃孃已經不再喊
一把鹽──她不記得道台的花翎
但記得孫總理的大炮
老毛子的胳膊，王將軍的骷髏鏈。

子彈飛得太快，馬拉列車索性停下
前公社的紅火鍋注意保鮮
二孃孃曾採過空中野花爛漫
一首詩曾臥軌，曾殺風景。

2011.7.25

西寧至拉薩

青海湖

誰思念青海湖瀲灩入遠雲
青澀如少女咒怨負心情人
刈草者掏洞者端坐羊群中間
他們的手機打不通這一段未來。

流放者在山陰處埋下他的背影
重新換了宕桑旺波的破靴
誰思念塔爾寺一聲默雷唱吟
大悔如負心人哀憐中箭明月。

格爾木

彎月垂釣格爾木，群獸
在淘金夢中洗爪，飲火，不眠
唱著歌兒的男子在這兒埋下她的銀鏡
埋便埋了，這馬骨蹴蹄是做啥呀呢？

老外燃煙格爾木，群鬼
好奇地捋他的鬍子，肺腑，血管
唱著歌兒的女子在這兒賣了他的金刀
賣便賣了，這瑪瑙滴水是做啥呀呢？

星宿海

這些曾看顧我的仙人和怪獸
浮沉如草芥與犛牛尾飛揚
詭光流放，不辨上下諸方
如半隻蘋果上羅列的銀河。

宛轉不已，直到一雙腳停下
他們就全停下，擲石遊戲
直到最後一隻羚羊睡著
他們就全睡去，夢我萬千行止。

唐古拉

聽著宋雨喆的法輪叮噹過了唐古拉
我的眼白戴勝咻啾爆裂了血絲
那個醉臥雪山陰影裡的不是浪子宕桑旺波嗎
他幹嘛牽起了藏獒死勁瞅著我？

嘶著拉姆加措地方的鶴唳到了那曲
我的嗓子五色翻飛陷入了別離調
那個臉容皎潔的不是死者才讓卓瑪嗎
她幹嘛穿起了迷彩服向這列彆扭的火車敬禮呢？

2011.7.26

車過崑崙山，聽朝崎郁惠

柴油車頭吹來的黑煙，我曾道是雨雲縷縷，在那些繁忙的鏡頭前面左披右牽。

火車過了沱沱河，星宿海，沿著時而渾濁時而清澈的通天河往西南走。過了五道梁，想我爹和娘，大河縱橫著大山，只有那些蒙面的養路工知我所想。雪峰在望，渾人渾飄蕩。火車軋著橋墩，像夜神的輕鬆腳印，不爲眾生夢囈麻麻纏繞。

雪山不說他的苦，天光也不說他的悲，朝崎郁惠，一個沖繩的老奶奶卻彷彿全知道。所有的老奶奶都是善解宇宙之意的，無論是千潯的太平洋，還是海拔五千的崑崙山脈。帶著三個孫兒朝聖的拉姆也知道，她在桑煙後圍上了海浪般裙子，雖然她一輩子都沒見過太平洋，朝崎郁惠也一輩子不知道倉央嘉措。

我爲這些老人感謝山神，爲我的妻和子感謝山神。這些前胸披雪好像國王企鵝默立的山神們。我是海，這漩渦中的一滴，四百個輪子運送著。柴油車頭吹來的黑煙，我曾道是雨雲縷縷，在我的心窩上劃著我看不懂的字。

2011.7.26

不度亡經
——在拉薩爲七二三動車事件及
三一四拉薩事件死者而作

1

凌晨我頭痛欲裂，打開窗戶大口呼吸
西邊的死者在爲東邊的死者念經
轟隆隆鳥鳴淒切，更崩崩魚肚溢白
哀那那沉河起浪，雨震震睡豹反戈

不要說了怒眼瞠滅，不要說了時輪曳雪
再多的經幡也挽不住這一列魔車
掄槳者在陰山惡夢臥側
呢喃中醉漢掀棋，兀詫詫眾鴉擊日。

2011.7.27，晨，小昭寺街

2

黑犬上不去的，就是布達拉宮
肥豬坐滿了的，那是瑪吉阿米
我願化蜜蜂飛越的，是哲蚌寺的烏雲
浪子宕桑旺波忘不了的，是雪上之雪

大昭寺打阿嘎女子的情歌
一百年前我和你勾肩搭臂聽過
我認識她的長兄，青青如地獄的蓮葉
在惡雷滾滾中跑不出去的，是冲賽康街。

2011.7.28，吉曲酒店

3

朝聖者應該埋骨路上生死花下
像我昨晚夢見那雅礱江浮沉的骷髏
像那骷髏對我微笑，講莊周之劫
莊周其實是十年前未度的我

十年前我就是那個長髮長嘯虛無僧
耽看一朵旋滅的彩雲而錯過了歸車
在青海湖邊不知道十年後的桑耶
載花載酒過寺裡狂貓的日夜。

2011.7.30，吉曲酒店

4

你給我你震耳欲聾的白，滿山遍野
你給我你焚身如象的香，折桑涉江
大威德金剛寂滅相，修羅癡念相
喇嘛望天一個火焰相

佛遮陽，佛跳牆，這是消防員的哲蚌
禁止攜帶火種上山──那我的心算嗎？
叮鈴鈴一片心猿意馬
吱呀呀重門深鎖，萬山起浪了。

2011.7.31，吉曲酒店

5

歌才開始唱手就淌下了血
家還沒回到呢拉薩就下起了雹
獅子還沒有哭泣呢雪就遞來了手帕
我還沒有忘記，忘川的水卻乾了

喇嘛把手拍出血不是為了唱歌
冰雹敲鼓也不是為了練習頗瓦
雪的手帕是為這個塵滿面的傢伙準備的
忘川乾了沒關係嘛我還有我的鬢如霜呢。

2011.8.2，格桑花香酒店

6

東邊的死者在爲西邊的死者念經
你不念，你即使念也是我們不懂的經
暮春野鹿下山嚼花的灩瀲經
日午飛雨濺虹的廣大醍醐經

他們把一節車廂像一個國家埋進深淵
昨天的死者在爲明天的死者念經
我念我樹洞成婚雙雙兔的撲朔經
我念我無橋可度的陰差陽錯經。

2011.8.3，拉薩至成都機上

錄鬼簿·海子
（詩人，自殺於一九八九年三月二十六日）

我死於死亡之前，洪水
提前分開了我，列車
只經過我的血跡，只帶走
我的飢餓，推向燦爛的湖面。

如今我就是大湖上栽種幻象的那人，
我就是把鐵軌一一引入水面的野花中
的那人。我滿目都是生命
像把臉埋入野花中的山羊。

洪水從山海關流漫到龍家營，
那是子夜一點。哦，黑夜
請原諒我的詩一點也不晦澀，
請原諒這身衣服，比黎明更藍。

如今我聽見七十天後的槍聲只是寂靜，
我看見二十年後的塗鴉只是潔淨。
那些攜帶我的死亡到處行走的人

他們是一隊蜻蜓。

那路上的青草盡枯！紅鏽
混入了泥土！我手捧一堆漢字：
一堆「生存」的同義詞，
在黎明的微寒中燒掉了紙做的衣服。

洪水從苜蓿地流漫到汐止門，
那是凌晨三點。哦，黑夜
請原諒我的詩一點也不悲傷，
請原諒這身衣服，比黎明更貴重。

2009.3.21

錄鬼簿·尚小木

死於一九八九年，生於一九八九年，
當年，他十四歲，逃亡之路盡封，
今年，我二十歲，網絡之路也盡封，
歧路上亡羊，也盡瘋。

死於一九八九年，生於一九八九年，
當年，我十四歲，市政府廣場上
傳閱一張虛構三十八路軍的捷報，
歸途把褪色橫幅扔進洪水滔滔。

但這聲色俱厲之夏，暴雨也無法洗刷！
今年，我三十四歲，滿抽屜也找不到
一件白襯衫！原來我是長安街上一輛公車
早已自焚──

於是死去，死去，就是在薄暮中飲風，
剩下來發黃的飄帶挹一地輕塵；
於是活著，活著，就是清潔血汗的廚房，
和豬打架，演習死亡的團體操。

我的怨靈馴領群鴉，占據了板樟山，
山下，就是逃亡澳門的地道，
我點數蛾子的數目，水中鼠的數目，
我給所有生者夢送去滿山火！

生於一九八九年，死於一九八九年，
如海棠花，如一首絕句 —— 深歌。
清明世界雪紛紛，路上有人未招魂。
借問酒家何處有，牧童遙指夕燒雲。

2009.4.19

錄鬼簿·德先生
（死於二○○九年五月四日，每一日）

一九一九年，一個幽靈徘徊在中國的上空，
由此至終，它都是披灰面紗的一陣風，
它是幽靈，幽靈是我，我是中國的
一場行為藝術。

「出了研究室便入監獄，
出了監獄便入研究室。」出出入入
於幽靈何妨？一九四九年，人人德先生，
一個幽靈徘徊在中國的上空。

在農村我揮舞文明棒，冒充瓷觀音；
在城市我被遊行隊遺忘，直接卷宗封存。
我坐飛機以後，靈柩上名字
德莫克拉西·獨秀，換成莫須有。

一九八九年，一個幽靈徘徊在中國的上空，
中國本身已經幽靈，黑風移動平原。
燒荒留下的麥茬，仍然無法書寫
這陣陣暴雨腳步。

我像鬼王，空心中整理婉轉的八字鬚，
竹架子上扎西服，手藝與旁邊的無常略同。
二〇〇九年，研究室就是監獄，監獄是中國，
我是一場行為藝術，請燒我燒我燒我。

2009.4.30

注：「出了研究室便入監獄，出了監獄便入研究室。」出自陳獨秀。

錄鬼簿·駱一禾

（詩人，一九八九年五月十三日因參與
絕食在廣場暈倒，昏迷十八天，五
月三十一日於天壇醫院去世，可能是
「六四」運動的第一個死者）

熱風刹那抱緊我的頭顱，親愛的
我仍記得，這腥甜屬於海，
不屬於廣場上金色塵土。然後
我便在二十年黑河中擺渡亡靈。

十八天昏睡中升起我的渴，親愛的
我仍記得，熱風穿上了你的連衣裙，
裡面是裸體燙滾。然後船舷下
酒醉的泳者，爲我卯緊了星星的鉚釘。

是我從他胃裡撿起那兩個橘子，
從他的動脈裡撈起一株向日葵。
是我向廣場投下日晷般長影，
爲你們，還有他們，最後一次校準時間。

請叫喚我的名字：卡戎。黑夜裡
是誰血流披面？我情願這染紅的
是我的白衫──請原諒這一身衣服
比原諒更輕，比死更晶瑩。

親愛的，我愛上了這最後的鐘聲，
它在每一個死者的血管裡繼續轟鳴。
今夜是詩歌最後一次獲得光榮！
而我們將第二次穿過同一個深淵。

隨後是磬擊四記。軋軋的鐵履不是一次筆誤！
不是和我無關！魚們眼窩裡的青銅
不再夢見地安門。請叫喚我的名字
我不是你的愛人，我是水中折斷的旗桿。

2009.5.2

錄鬼簿·老木

(老木，北大詩人，天安門廣場學生組織宣傳部長，六四後流亡法國，傳說他一度瘋了，在巴黎行乞，睡地鐵車站，如今情況不明，據說已輾轉回國。)

巴黎，你瘋了，我還活著。
在中國找不到中國，
就像在巴黎找不到巴黎，
但是在一九八九年我找到了一七八九年的雨。

巴黎今天的陽光無罪，
魑魅們也游泳在燃燒的粒子海。
我也是藍色的，但不再追求忘記，
痛飲著這微醺世界，如瓶中魚。

二十年後，在巴黎我只認識八大山人
不是杜布菲。我曾經是杜布菲，
全身是灰色堆就的塊壘，再刻出一個鬼臉；
但現在我就是老木，長出了雷點般蘑菇。

我在月台上吃我自己，
目睹二十個，二十個中國人成團過去，
他們已經買下噩夢與LV，他們終將買下
北大和巴士底，買下我被竊的一部鬼魂史。

我已經埋得深了，頭上是整個世界的屍骸，
總有青年挖脛骨為橫笛輕吹。
我不出來，我在地鐵站裡走了一萬圈，
一萬圈都是黑絹花編織

走成一個廣場，為我自己。
我再次在水面上寫字：
一部沒有聽眾的宣判書。
但是我能聽見──我長出了烏雲般木耳。

2009.5.24-25巴黎

錄鬼簿·終章
（獻給所有死於一九八九年六月四日的
青年）

我靜懸在安哥拉山脈上空
不再能承擔你這第二人稱的重量：

我飛過鍍銀的大湖，眾雲在垂釣，
繼而流變，證明這是地球：一顆星。

你死於其上，死得其所。那一天
沒有風，沒有雲，細微的一聲雷也被你帶去。

你仍能記住這星球上溝壑縱橫，
如枯筆墨，舔之舌頭有血。

於是你的死不是某個無名者的死，
你倒下激起的塵埃將使空氣中飽含了雨的分子。

雨中光芒乍現，我是躬耕它的犁。
空弦在夜機腹中響起。亂雲不肯和諧。

2009.5.6迪拜至羅馬飛機上

文 學 叢 書　386

INK PUBLISHING　芌簿鬼語

作　　　者	廖偉棠
內頁攝影	廖偉棠
總 編 輯	初安民
責任編輯	陳健瑜
美術編輯	林麗華
校　　對	陳健瑜　廖偉棠

發 行 人　張書銘
出　　版　INK 印刻文學生活雜誌出版有限公司
　　　　　新北市中和區建一路 249 號 8 樓
　　　　　電話：02-22281626
　　　　　傳眞：02-22281598
　　　　　e-mail：ink.book@msa.hinet.net

網　　址　舒讀網 http：//www.sudu.cc
法律顧問　巨鼎博達法律事務所
　　　　　施竣中律師
總 代 理　成陽出版股份有限公司
　　　　　電話：03-3589000（代表號）
　　　　　傳眞：03-3556521
郵政劃撥　19000691 成陽出版股份有限公司
印　　刷　海王印刷事業股份有限公司

港澳總經銷　泛華發行代理有限公司
地　　址　香港新界將軍澳工業邨駿昌街 7 號 2 樓
電　　話　(852) 2798 2220
傳　　眞　(852) 2796 5471
網　　址　www.gccd.com.hk

出版日期　2015 年 3 月
ISBN　　978-986-5823-63-4

定　價　260 元

國家圖書館出版品預行編目資料

芌簿鬼語 / 廖偉棠著；
--初版，--新北市：INK印刻文學，
2015.03　面；　公分（文學叢書；386）
ISBN 978-986-5823-63-4（平裝）

851.486　　　　　　　　102027314